犬飼　隆

# 儀式でうたうやまと歌

## ―木簡に書き琴を奏でる―

はなわ新書
084

# 目次

# はじめに

この本のテーマは、奈良時代までの日本で、日本語の歌が、儀式とどのようにかかわっていたかを考えることです。天皇の葬儀、朝廷や役所の年中行事、神社の祭り、儒教の催し、仏教の供養など、いろいろな儀式の席で後に和歌になる日本語の歌を音楽としてうたっていたのですが、それはどんな事情だったのでしょうか。

これを考えると、和歌はどのようにしてできたのかという問題に結び付いて行きます。古代の和歌は本に書かれたものとして残っていて、私たちは文学作品だと思っています。しかし、八世紀はじめの国の儀式の制度では日本語の歌と舞が雅楽と同じ役割をもたされていました。五七五七…の形式に整えた日本語の歌をうたうことは儀式で演奏する音楽の一つだったのです。その後、歴史的な変化がありました。西暦七一〇年代までの都が飛鳥や藤原にあった時代と、平城京に移ってから後とでは、外来の文化と日本の伝統的な文化とに区別されるものの内容が変わり、そのなかで日本語の歌を儀式でうたう事情も変わったのです。八世紀のはじめまでは、整った形式でうたう日本語の歌は外来の雅楽とひとまとまりのものと意識される新しい文化でしたが、八世紀の中ごろから後、外来の雅楽と区別して、日本の伝統的な文化だと意識されるようになります。そして、九世紀、平安時代になると、いま私たちが和歌と呼ぶ性格のものになります。

この事情と変化をいろいろな角度から考えて述べます。以前に筆者が書いた『木簡から探る和歌の起源』（笠間書院、二〇〇八年）では、西暦七三〇年代から起きた文化についての意識の変化を考えに入れていませんでした。そのため「（日本語の歌を）典礼の場でうたう」とだけ述べて、「典礼」のなかに催す趣旨のちがいがあったことに気付いていません。七、八世紀の日本に『万葉集』とはちがう日本語の歌の世界があって、その代表が「難波津の歌」であるという筆者の考え方は全く変わっていませんが、この本では、八世紀の中ごろから後、聖武天皇の時代に、日本の伝統文化についての意識が変わったこと、その結果、日本語の歌を、唐から来た新しい行事や朝廷の主催する仏教供養ではうたわなくなった事情を重く見ています。注意してお読みいただけると幸いです。

日本語の歌が儀式の音楽の一つだったことは、木簡に歌句を書くことと、うたうとき琴で伴奏したこととにつながりがあります。この本では、それについても詳しく考えます。

木簡や土器などに墨で日本語の歌句を書いたものが出土しています。「出土《しゅつど》」とは発掘されて土のなかから出てきたことを言います。この先この用語を何度も使いますので覚えてください。木簡や土器は日常の用事に使う道具でした。日常の用具に歌句を書いたわけは、七〜九世紀の役人たちがいつも儀式でうたうために日本語の歌を勉強していたからです。木簡に書いたのは、歌を勉強したり歌詞をつくったり他の人に伝えたり記録するためでした。特別に大きな木簡に歌句を大きく書いたものもあります。それはたぶん儀式の席に飾るためにつくったのです。

また、儀式で日本語の歌をうたうときは琴で伴奏する習慣がありました。日本古来の琴は神と人が交流するための道具でしたし、人と人の魂を結び付けるためにも使われました。宗教の行事や公的な宴でうたうことは、その席を盛り上げるだけでなく、神や仏を楽しませ、参加している人と人の心を結び付けるために呪文をとなえる意味をもっています。琴で伴奏して、そのはたらきをたすけたのです。

なお、この本では「歌」という用語を「うた」「和歌」と区別して使っていますので注意してください。この先の文章で「日本語の歌」と「和歌」は別のものをさしています。日本列島にもとからあった民謡などを「うた」と呼び、『万葉集』や『古今和歌集』などに収められている文学作品を「和歌」と呼び、「歌」は「うた」をもとにして七世紀の日本で儀式用に五七五七…の形式に整えられたものを呼んでいます。この使い方は筆者が以前から述べている考え方によっています。詳しくは『木簡から探る和歌の起源』を読んでください。八世紀に儀式でうたわれていた「日本語の歌」が「和歌」の起源になったのです。その様子をこの本でもっと詳しく述べることになります。

# 第一章　儀式やその後の宴会の席で日本語の歌をうたっていた

## 1　奈良時代には日本語の歌が儀式の音楽の一つだった

儀式や祭りなどの行事でうたうことは人類普遍の現象ですが、七、八世紀の日本では、その席で五七五七…の形式に整えられた日本語の歌をうたいました。その一つの例が『万葉集』巻八の一五九四番目の和歌です。歌詞は秋の景色をうたっていますが、題に「仏前唱歌」と書かれています。仏様へのお供えとしてうたわれたことになります。現代も仏教の供養でお経をあげるほかに歌をうたうときがありますが、和歌の形式でうたうとは限りません。

仏前唱歌一首

しぐれの雨まなくな降りそ紅《くれなゐ》ににほへる山のちらまく惜しも

聖武天皇の皇后光明子《こうみょうし》の主催する維摩会《ゆいまえ》という仏教の儀式の最後に、中国や朝鮮半島から来た音楽が演奏された後で、この和歌を貴族たちが琴の伴奏で合唱しました。仏教の供養をするときは、身を清めて参加し、会場で香をたいて花を飾り、音楽を演奏して、理想の世界をつくり出します。和歌の形式の歌がその音楽のなかの一つだったのです。

また、平成二十年（二〇〇八）六月に京都府木津川市の神雄寺跡という遺跡（以前は馬場南遺

跡と呼びましたが改められました）の発掘で出土した木簡に、

阿支波支乃之多波毛美知《あきはぎのしたばもみち》（秋萩の下葉もみち）

という語句の書かれたものがありました。後に詳しく説明しますが、ここで仏教の供養が盛んに行われたことがわかっています。たぶんその席でうたうときにこの木簡をつくって飾ったのでしょう。

七、八世紀の日本では、いろいろな儀式やその後に設けられた宴席で、いつも和歌の形式の歌をうたっていました。具体的な例を見ましょう。

『万葉集』巻二十の四四九三番目の和歌の詞書《ことばがき》（この和歌がつくられた事情や趣旨を説明した漢文）に、

…時内相藤原朝臣、奉勅宣、諸王卿等随堪任意作歌并賦詩

（…そのとき内相の藤原仲麻呂が、天皇のご命令をうけて、皇子や貴族はみなそれぞれに日本語の歌と漢詩をつくれとおおせられた）

とあります。この日、天平宝字二年（西暦七五八《以下、「西暦」を省略します》）正月三日は「初子の日《はつね》」でした。暦では「ね、うし、とら…」と十二支の順で日が並びますが、その年の最初のひとまわりがはじまる日です。中国の儀式の制度にならって、この日は高級な鋤と

玉飾りの付いた箒を宮中に飾り、天皇が鋤で耕す動作を、皇后が箒で蚕の床をきれいにする動作をされて、この一年の仕事の始めを祝いました。その祝いの儀式の後の宴席に日本語の歌と漢詩を持参せよというわけです。貴族たちは持参した日本語の歌や漢詩をうたって天皇に披露しました。このとき大伴家持は、

初春の初子の今日の玉箒《たまばはき》手にとるからにゆらく玉の緒

という自作の歌を用意していましたが、披露する機会がありませんでした。四四九三番目の和歌の左注《さちゅう》（和歌の左側に書かれるその歌を説明した漢文）に、

但、依大蔵政、不堪奏之

（しかし、大蔵省の仕事の都合で天皇にさし上げることができなかった）

とあります。そのとき用意していた歌詞が何かの形で後まで保存されて、『万葉集』に和歌として収められたのでした。

それはこの四四九三番目の和歌に限った事情ではありません。同じ正月の七日は白馬節会《あおうまのせちえ》でしたが、そのためにも家持は、

水鳥の鴨の羽色の青馬を今日見る人は限りなしといふ

を用意していて、やはり仕事の都合で実際には披露しませんでした。それが『万葉集』に収

められ、四四九四番目の和歌になりました。「節会《せちえ》」とは、元日をはじめ季節の変わり目を祝うために、天皇が五位以上または六位以上の重臣たちを集めて行った儀式です。この日は馬を見て一年の邪気をはらう儀式でした。

四四九三番目の和歌の詞書のなかの「随堪任意」という語句の意味を「自分の能力に応じて自由題で」と解釈する説（日本古典文学全集『萬葉集　四』小学館、一九七五年）がありますが、「任意」を自由題の意味に解釈するのが良いか筆者は疑問です。三日も七日も、それぞれ、「玉箒」「青馬」が「お題」になっていたと考えるのが良いと思います。その題で「思い思いに」ということでしょう。また、「作歌并賦詩」をすなおに読むと日本語の歌と漢詩の両方を各自が用意したことになります。このときにうたわれた漢詩は残っていませんが、「随堪」がうまくできてもできなくてもという意味なら、全員が漢詩も用意したのでしょう。

後に詳しく紹介しますが、この頃、天皇の主催する儀式では漢詩を必ずうたうようにしていました。少し以前は、奈良時代には日本語の歌をつくることはできても漢詩をつくる人は少なかったのでないかと、多くの学者たちが想像していましたが、そうではありません。上級の貴族だけでなく一般の役人たちが漢詩を勉強していました。次の節で木簡について説明しますが、役人たちが日本語の歌や漢詩を書き写して勉強したことのわかる木簡が出土しています。

　さて、このように儀式のために詩や歌をつくれと天皇が臣下たちに命じられるのは、これから先に詳しく述べて行きますが、当時は常のことでした。用意して披露する機会がいつもあったのですから、漢詩や日本語の歌をつくるのは役人の仕事の一つだったと言えます。その良い例になるのは、『万葉集』全体の末尾を飾っている巻二十の四五一六番目の和歌、

　新《あらた》しき年の初めの初春の今日降る雪のいや重《し》け吉事《よごと》

です。因幡国庁の天平宝字三年正月の宴の席で、大伴家持は国の守として新しい年の多幸を祈ってうたいました。現代なら県知事が県庁の正月の仕事始めの席で和歌をつくってうたったようなことです。

　古代日本の役人たちには漢詩や日本語の歌をつくる教養人であることが求められていました。古代中国では漢詩をつくる教養人であることが立派な人として認められるための一つの資格だったからです。良い政治は優れた人間性に裏付けられるという考え方です。それを古代日本でもまねして、七、八世紀の役人たちは日本語の歌をつくりうたうために勉強し技能をみがいていました。

## 2　儀式でうたった日本語の歌を木簡に書いて保存していた

儀式やその後の宴席でうたって披露した後、その日本語の歌や漢詩は保存されるときがありました。前の節にあげた『万葉集』の四四九三番目の歌の詞書の末尾に、

　未得諸人之賦詩并作歌也

（みなさんの披露した漢詩や歌を入手できなかった）

とあります。自分の歌を披露する機会がなかった家持は、出席者が披露した漢詩や日本語の歌も手に入れられなかったわけですが、わざわざこのように書かれていることを裏返しに考えると、できることなら手に入れようとしていたのでしょう。

『万葉集』ができたとき、その和歌の素材になったものに、このようにしてつくられて保存されていた歌たちがたくさん含まれていました。この考え方は、今、『万葉集』を研究する学者たちの間で広く受け入れられています（梶川信行『万葉集の読み方天平の宴席歌』翰林書房、二〇一三年など参照）。『古事記』『日本書紀』『風土記』などに出てくる歌謡にも、同じように、いろいろな儀式やその後の宴席でうたわれた歌をもとにしてつくられたものがあると考

えられています。『古事記』『日本書紀』の歌謡のなかには、そのとき演じられた舞や劇の伴奏の歌をもとにしたものもあるでしょう。この文化が平安時代に受け継がれて行き、『古今和歌集』をはじめとする歌集や、『伊勢物語』『土左日記』『竹取物語』をはじめとする文学作品のなかの和歌の素材になったのでした。

ところで、儀式や宴席で披露するために詩歌をつくって、それをどのようにして会場へ持参したのでしょう。披露した後に保存しようとするときは、どのようにしたのでしょう。文字化したと考えるのが自然です。披露するだけなら頭の中に記憶しておいてその場で声に出せばよいのですが、保存しようとすると、書いておかなければ忘れたり一部が変わってしまう心配があります。天平宝字二年正月の宴席に大伴家持がもし参加できたなら、自作の日本語の歌を何かに書いて持参したかもしれません。披露された出席者の作品を手元に残しておこうとすれば、歌句を忘れないうちに書いて持ち帰ったでしょう。鈴木景二氏は、そういうとき役人が威儀のために手に持つ笏《しゃく》を使ったかもしれないと想像しています（「出土資料に書かれた歌」『古代日本の文字文化』竹林舎、二〇一七年）。

あるいは、披露するときも、つくった本人が声に出すとは限りません。うまく声に出してうたう技能をもつ人に頼んでうたってもらったかもしれません。現代の歌会始《うたかいはじめ》でも作者自身でなく専門の人がうたいます。頼むのなら、口伝えもできますが、文字に書いたものをわたすのが自然でしょう。その書き方も、誰が読んでも同じになるように表音文字で書くのが合理的です。八世紀以前には仮名が発明されていなくて日本語を書くための文字は漢字しかありませんでしたから、漢字の音よみを借りて日本語の発音を書きあらわす方法、万葉仮名で書くのが合理的だったでしょう。漢字の訓よみも早くからできていましたが、一つの字の訓よみが一つとは限らなかったので、歌詞を訓よみで書くと、書いた人と読む人が別の発音を思い浮かべる可能性があります。

その跡を現代の私たちに見せてくれるのが木簡です。木簡は、長さ二十数センチの細い木の札に漢字を書いたもので、古代の東アジア一帯で、通信や証明や記録など、さまざまな用途の文を書いて日常に使われていました。書いた人の多くは役人たちです。そのなかに漢詩や日本語の歌の語句を書いたものがあるのです。漢詩や日本語の歌一首をそっくり書き写した木簡もあります。

村田右富実氏は、一九八〇年に平城京から出土していた七四〇年代に書かれた木簡「・昨夜□□□今朝□　・□萬里誰為□」と、翌年に平城京から出土していた神亀四年（七二八）頃に書かれた木簡「昨夜□風急今□□□飛故京千万里誰為送寒衣」から、「昨夜秋風急今朝白□飛故京千万里誰為送寒衣」という五言絶句を復元して、「当時一般によく知られていた中国語韻文を、別々の人間が別々に記した」と推定しました（「木簡に残る文字列の韻文認定について」『上代文学』第一〇五号、二〇一〇年）。これが八世紀前半に役人たちが漢詩を勉強していた証拠になります。日本語の歌を書いた木簡も、二〇〇六年の発掘で大阪の難波宮跡から出土した七世紀中ごろの「はるくさ」木簡をはじめ三十点くらいあります。

漢詩や日本語の歌の語句を書いた木簡は、以前は漢字を習い覚える目的で書いた「習書《しゅうしょ》」だと説明されていました。しかし、漢字そのものを覚えるためならわざわざ漢詩や日本語の歌の字句を選ぶ必要はありません。実際に、もっと普通の用に使う木簡に書くような語句、役所で使う用語とか人の名や地名とかの習書がたくさん見つかります。これらは役人として日常の仕事をするために漢字を練習した跡です。また、中国の本や字書の一部を書き写したものもあります。その本の内容や漢字の使い方を学ぶためです。それらと同じように、漢詩や日本語の歌の「習書」も、詩歌を学ぶ目的で行われたのです。漢字そのものの学習でなく、漢字で書かれた詩歌を読みこなしたり、漢字を使って漢詩や日本語の歌を書くために勉強した跡です。

ただ、漢字の習書のなかでも、日本語の発音を書きあらわすのに使われた万葉仮名の習書については、歌の語句を書いて万葉仮名そのものを覚えようとしたという説明があてはまるところもあります。古代の日本で、この発音はこの字で書き、あの発音はあの字で書くという覚え方をしたとは考えられません。文字はそもそも語を書くために使うものです。日本の歌は日本語でできていますから、日本語の語句にあたる万葉仮名のつづりを書いて練習したのです。そのときに歌の一節を書いてみることもあったでしょう。

けれども、歌句を長く書いたものまで全部が万葉仮名そのものを覚える目的の「習書」だったという説明は間違っています。その誤った説明は、平安時代の後半に、「いろはうた」をはじめ、平仮名を覚えるため専用のものがつくられたことにひかれています。それらの歌句は四十八～七字の仮名が全部一度ずつ出てくるようにつくられています。しかし、普通の和歌は一首に出てくる発音の種類が限られるので、それを書きあらわす仮名そのものの練習には向いていません。そして、木簡に書かれた歌のなかで、この後に何度も取り上げる「難波津の歌」が目立って多いのですが、この歌は語句の繰り返しがあるので使う万葉仮名の種類がますます少なくなります。それを書いて万葉仮名を覚えたと説明するのは不合理です。

やはり、日本語の歌の語句を木簡に書いた目的は、前に述べたような事情で日本語の歌をつくりうたうことに関係があると考えるのが合理的です。役人たちは、日ごろ良い詩歌をつくるために漢詩や日本語の歌を木簡に書き写して勉強したでしょう。試作した詩歌を木簡に書いてみるときもあったでしょう。現代ならノートやメモにあたる木簡の使い方です。七、八世紀の日本では、一般に、実用の文は木に書き、公式のものとして清書する文は紙に書いていました。発掘されて出てくる歌句を書いた木簡の多くは、勉強したノート、日本語の歌の原稿、保存用のメモなどです。その書き方をみると、ほとんどが万葉仮名による一字一音式です。八世紀に入ってからのものには漢字の訓よみも少しまじっています。前にも述べたとおり、歌句の発音を書いておこうとすれば万葉仮名を使うのが合理的です。漢字を使い慣れて訓よみが一つに定着したり、いつも使われる言い回しで歌句の発音が間違いなくわかる場合は、漢字の訓よみも一部に使ったのでしょう。

そして、それらのなかに、日本語の歌を書いた木簡そのものを披露する目的で書かれた特別なものもあると筆者は考えています。儀式の席で日本語の歌をうたうとき、披露する歌句を大型の木簡に書いて会場に飾ったのではないかと想像しています。このことについては、次の章のはじめに詳しく述べます。

木簡に日本語の歌を書いたものは、都だけでなく、秋田城、富山県や兵庫県や香川県の役所の跡、山口県の銅山の管理所など、各地で出土しています。それらの木簡を書いた人は地方の役所の役人たちだったことになります。七、八世紀の日本では、儀式の音楽として日本語の歌をうたうことが、朝廷に上級の役人として仕えていた貴族たちに限らず、全国の役所で行われていたわけです。地方の普通の役人たちも日本語の歌をつくったりうたったりできるようになろうとしていたのでした。各地の役所で節目節目に行われる年中行事などで、天平宝字二年に朝廷で行われた宴や翌年の因幡国庁の宴よりは規模が小さくても、同じように、役人たちは持参した日本語の歌を宴席で披露したのでしょう。後に取り上げる兵庫県の山垣遺跡がその跡にあたるかもしれないと筆者は想像しています。

この機会に述べておきますが、そういう席に自作の歌をつくれない人が集まったときは「難波津の歌」をうたえば良かったのではないかと筆者は考えています。この歌は文学作品でなく純粋な儀式用の歌でした。だから儀式で使う大型の木簡によく書かれたのです。その根拠は、七世紀以来の出土資料に頻繁に書かれながら『万葉集』に収められていないこと、『古今和歌集』の序文で大きく扱われながら歌集のなかの一首としては出てこないこと、そして歌詞が「咲くやこの花」を繰り返して春の到来を喜ぶ民謡的な内容であることです。「難波津の歌」は儀式でうたったという考え方を批判する人は、理論を持ち出す前に、まずこの簡単明瞭な根拠に対して納得の行く説明をしてほしいと思います。

# 第二章　仏教の供養として日本語の歌をうたう

## 1　日本語の歌を書いた木簡が仏教関係の遺跡で発掘された

ここからこの本の本筋に入ります。はじめに、仏教の供養で日本語の歌がうたわれたのではないかと言われている例の一つを詳しく見ましょう。

京都府木津川市の神雄寺跡は天平十二年（七四〇）から十六年（七四四）まで都が移っていた恭《く》仁《に》京の地域内です。遺跡からたくさんの木簡が出土しましたが、その一つに「阿《あ》支《き》波《は》支《ぎ》乃《の》之《し》多《た》波《ば》毛《も》美《み》知《ち》」と書かれていました。最後の字は「智」とよむ人もあります。この木簡のつくられた年代は不明ですが、八世紀末以降のものと思われる土器とともに出土したので、八世紀後半につくられたと考えるのが良いと言われます。書かれた語句は、『万葉集』の巻十の二二〇五番目、

秋芽子乃下葉赤荒玉乃月之歴去者風疾鴨

（秋萩の下葉もみちぬあらたまの月の経ゆけば風はやみかも）【末句の訓みは「風をいたみかも」とも】

のはじめと一致します。『万葉集』の和歌は「萩の下葉が紅葉した。月がたって秋になり風が強くなったからだなあ」と秋が深まったときの気持ちをしみじみとうたっています。

この木簡は復元すると長さが七十センチくらいになります。二十四センチ弱の材に、万葉仮名を使って一字一音式表記で一行に十一字書かれていますから、一首全体が同じ書き方だったとすると、残る二十字（字余りなら二十一字）を書くにはその長さが必要になる計算です。普通の木簡は一尺、二十センチ台の長さですから、倍以上の長さです。

これは、栄原永遠男《さかえはらとわお》氏の提唱した「歌木簡」の様式のうちAタイプの規格に合います。二尺以上の長さの材の表側だけに大きめの万葉仮名で一字一音式に歌句を一行に書いた特別な形状の木簡がAタイプです。これが公式度の高い儀式・歌宴の場に持参して使われ、公式度の下がる歌宴や私的な集まりなどでは、その規格に合わないBタイプが使われたという説です（『万葉歌木簡を追う』和泉書院、二〇一一年、一一〇ページ）。この本の筆者は、Aタイプが儀式用につくられたと考えるのは同じですが、「歌木簡」説には賛成していません。吉川真司氏が栄原氏の言うAタイプだけを歌木簡と呼ぼうと提案しました（「法会と歌木簡―神雄寺跡出土歌木簡の再検討」『萬葉集研究』第三十六集、塙書房、二〇一六年）が、それにも賛成しません。少し回り道をして、その説明をしてから先にすすみましょう。

「歌木簡」について多くの歴史学者は慎重な態度をとっています。古代日本の役所でつくられた木簡を用途によって「荷札《にふだ》木簡」「兵衛《ひょうえ》木簡」「考課《こうか》木簡」「文書木簡」などと分類して呼びます。それぞれ決まった様式がありましたが、その一つに儀式用の「歌木簡」を加えようというのが栄原説の主旨です。「歌木簡」という用語はこういう意味なので注意してください。木簡に歌句が書いてさえあれば歌木簡と呼ぶ不注意な人も多く、そのために議論が道筋から外れてしまっていることがよくあります。木簡に日本語の歌句を書いた事情は様々です。そのなかに儀式の席に飾る目的で書いたものもあったと考えるのが良いのではないかと思います。今までに出土した日本語の歌を書いた木簡のなかに、大型の木簡の表側だけに万葉仮名を使って一行に歌句を書いたものが数点あるのは確かです。それらだけが、その木簡そのものを披露する目的でつくられた特別なもの、あるいは、そういう書き方で書かれたものではないでしょうか。

栄原氏の言うAタイプの規格のうち、特徴と言えるのは、大型であることと、歌句が裏側にまで回らないことだけではないかと筆者は考えています。そのほかは、そういう形状になった理由が、次のように説明できそうです。

まず歌句を一行に書くことですが、これは「類書《るいしょ》」にならったのではないかと思います。七、八世紀の日本では漢文や漢詩を勉強するとき類書を使いました。類書とは良い漢文を書くための手引きとして名文を集めた本です。『日本書紀』『古事記』も中国から来たいくつかの類書を使って書かれました。類書で漢詩を引用するとき一行書きにしていたようです。中国の古典は、日本とちがって、つくられた当時の原文の姿を復元することが難しいので慎重に考えなくてはいけませんが、いま読むことのできる類書の体裁を見ると、『藝文類聚《げいもんるいじゅう》』（中華書局上海編輯所、一九五九年）では、前の引用文が終わった後に一字あけて「又詠壞橋詩曰虹飛且林際星度断山隅斜梁懸水跡盡柱脱輕朱」のように漢詩を引用します。散文の本の一節を引用するときの「史記曰…」「釋名曰…」などと同じです。

現代の私たちは漢詩というと五字、七字を四行に書く習慣でものを考えます。平城京の二条大路から出土した七三〇年代の木簡に七言絶句を七字×四行に書いたものがありますから、八世紀にはそういう意識があったかもしれません。しかし、七世紀に漢詩を木簡に書き写して勉強したときは、類書にならって一行に書いたのでしょう。長い木簡でなければ書けません。前に漢詩を書いた神亀年間の木簡を紹介しましたが、これも詩句を約五十二センチ、つまり約二尺の材に一行で書いています。儀式や宴席で漢詩を披露するために大型の木簡に書いたという想像もできますが、このほかに例がないので、それは何とも言えません。もう一つの七四〇年代のものも、五字の句で折り返して書いていません。

この後、第五章、とくにその4節で詳しく述べるように、五七五七…の形式に整えた日本語の歌は、漢詩をもとにして漢学のなかでできたと筆者は考えています。その歌詞を書こうとすると、はじめは中国の類書の漢詩の書き方にならって一行に書いたのではないでしょうか。五言絶句を二尺の材に書くのと同じようにすれば、日本語の歌の三十一字はもっと長い木簡になります。万葉仮名で書いた理由は前にも述べたように歌句のよみ方が誰も同じになるためです。長い材に一行に書くので万葉仮名も大きめの字になります。すると、残る特徴は、大きいことと、表側にだけ書くことになるわけです。これは飾ったり差し上げて見せるためと解釈できるでしょう。

普通の木簡の長さにあたる一尺くらいの細い木を手に持ってみると、手ごろなことがわかるでしょう。現代の和歌を書く短冊も一尺くらいです。披露する歌句を書いて持参したり披露した後にその場で書いて保存しておくのに適当です。二尺を越える長さの材は、片手に持って字を書き込もうとすると大きすぎます。実際に何人かの人に試しに書いていただいたことがありますが、立てかけると墨が流れますので、結局、みなさん机に寝かせて書き込みました。古代にも大型の材には披露する前に歌句を書いておいて持参したのでしょう。運ぶときも、普通の一尺のものなら包んだりふところに入れることができますが、特別な扱いが必要です。

大きいことは、一種の権威付けになっていたと考えられます。たぶん差し上げて見せたり置いて飾ったのでしょう。ただし、これも実際に試してみましたが、大きめの字といっても数十人が集まる会場で後ろの方から歌句が読めるわけではありません。以前、現代で言う「歌詞カード」であったと筆者は述べたことがありますが、集まった人たちがその場で歌句を読み取ってうたうのにはふさわしくありません。歌の語句は耳を通して伝えられ、歌句を書いた大型の木簡は象徴としてその場に飾ったのでしょう。木簡に書いた歌句を見ながら「詠み上げた」可能性はありますが、その場合も、大きなものをかざすことに意味があったはずです。よみあげるのが目的ならむしろ普通の大きさに書いたでしょう。

特別なものは特別な意味をもちます。木簡の大きさや書き方も同じです。歌詞でなく、役所の普通の仕事の内容を書いた木簡で二尺を越える特別な大きさの例を二つ紹介します。長野県の屋代《やしろ》遺跡から「符　屋代郷長里正等…」と長い文章を書いた七世紀末の木簡が出土しました。上級である郡の役所から下級である郷の長とそのまた下の里の正《かみ》にあてて命令を伝えた文章です。また、藤原京の入り口に当たる場所で通行許可証の木簡が出土しました。旅行者たちの名と住所を書いて住所の責任者が署名しています。これらの木簡は大きさで命令や保証に権威を付けたのです。通行証の場合は、木簡の下の方が握りの形に削って整形されていて、差し上げて見せたことがわかります。念のために述べておきますが、郡の命令の木簡や通行証が必ず大型というわけではありません。そういう特別な形のものがあるということです。

中国にも特別な木簡のつくり方がありました。国の王など高い地位の役人を任命するとき皇帝の辞令を普通の倍の長さの木簡に特別な書体で書いたり、儒教の重要な本を木簡に書き写すときは普通の三倍の長さの材に書くなどの決まりがありました（冨谷至『木簡・竹簡の語る中国古代　書記の文化史』岩波書店、二〇〇三年、増補版二〇一四年）。そういう決まりが日本に取り入れられたわけではありませんが、特別な形が特別な意味を持つという意識の影響は受けたかもしれません。

神雄寺跡の歌詞を書いた木簡も、大型の材に書くことに権威を付ける意味があったと考えて良いでしょう。なお、次の節に紹介する東大寺の大仏開眼供養でうたわれた日本語の歌は象牙の笏に書いて元興寺の蔵にしまわれていました。その場合は高価な材に書いたことが大切さをあらわしています。

さて、この木簡が出土した遺跡はどのような性格でしょうか。八世紀の中ごろに建てられて十世紀のはじめに失われたお寺の跡です。出土した遺物の中に緑釉《りょくゆう》や三彩を施した上等の香炉や仏像らしいものがあります。それらや軒瓦の型式が東大寺から出土したものと関係があり、東大寺と同じように国にとって重要なお寺だったことがわかります。このお寺が栄えていたのは八世紀の後半までですが、その間、「燃灯供養」が何度も何度も行われました。近くの天神山丘陵から何千枚もの灯明皿が出土したのです。素焼きの皿に菜種油をいれて火をともしたものをたくさん仏に供える非常にぜいたくな儀式の跡です。建物の跡は仏堂だけで、役所はなかったので、ここで大勢の人が集まって仏教の供養を行う場所だったと推定されています（以上、木津川市教育委員会『神雄寺跡（馬場南遺跡）発掘調査報告書』二〇一四年による）。唐の楽器に似た鼓も出土していますから（高橋照彦「彩釉山水文塼と須恵器鼓胴」上田正昭監修『天平びとの華と祈り』柳原出版、二〇一〇年）、供養のとき舞楽が行われたこともわかります。後に述べるように、歌をうたうときは和琴で伴奏したはずです。和琴を使った形跡が発掘されるのを筆者は心待ちにしています。

さらにこのお寺が以前は水に対する信仰の聖地だったところに仏教が入ってきて建てられたことに注目しましょう。山からの水の流路を中心に伽藍が配置されていて、山岳・水源信仰と結び付いた神仏習合寺院の特徴に一致するのです。水源を祭る行事を行った跡が残っているそうです（「もう一つの万葉の里」記念シンポジウム（主催／京都府立山城郷土資料館、平城遷都一三〇〇年祭・第二六回国民文化祭木津川市実行委員会二〇一〇・五・三〇での報告)。信仰が変わった後にもとの聖地がそのままあがめられる例は世界の普遍現象です。たとえばローマ市内のキリスト教の寺院の多くは、古代のローマ教の神殿のあった場所に建てられたり建物をそのまま使っています。有名なパンテオンもそうです。

なお、この寺の名は全国各地に同じ性格で似た名の寺があることを考えあわせてカムノヲとよまれています(前掲報告書)。これは、お寺の性格がよくわかるようにしたよみ方です。「神」の後に連体の助詞「の」がつくときは普通「かみ」とよみます。そのミが平安時代から後に撥音のmになり、「かんのを」になった後にワ行の「を」がア行の「お」に変われば、「の」と「お」が長音に融合してカンノーという発音になります。これに「神呪」などという漢字をあてて書かれるようになったと考えるのが普通です。「かむのを」は、水源信仰の聖地に建てられる仏教寺院の名として「神」の「尾」という付け方があったという趣旨です。「神」を「かむ」とよむのは普通「かむさぶ」のように助詞なしで後の語につながる場合ですが、助詞「の」が付く場合もあります。たとえば「目のあたり《ま》」の「ま」は普通「目蓋《まぶた》」の「ま」のように後の語につながる形です。ですから「神尾」を助詞「の」が入った形で「かむのを」とよむのも間違いではありません。日本語の研究では名詞の「かみ」

「め」のような形を「露出形《ろしゆつけい》」と呼び「かむ」「ま」のような形を「被覆形《ひふくけい》」と呼びます。連体助詞「の」が付いて後の語とつながる形が露出形ですが、被覆形に連体助詞が付くときもあるわけです。

遺跡のこの性格から考えると、ここで行われた仏教の供養でこの木簡に書かれた日本語の歌をうたった可能性が高いと言えます。儀式の後は食事が出ますから、その宴席でうたった可能性も残りますが、供養のためだったと思います。水源信仰の聖地に寺が建てられたことに注目するのは、この後に、仏教の供養に日本の伝統的な儀式の仕方を取り入れていたのではないかと考えますが、その根拠になるからです。

では、この仏教の供養で日本語の歌がうたわれたのはどのような事情だったのでしょうか。次の節にすすみましょう。

## 2　仏教の儀式で日本語の歌をうたった例

仏教と日本語の歌との結び付きがよくわかる例の一つに、薬師寺の仏足跡歌碑があります。高さ百六十センチ弱、幅五十センチ弱の石碑に、五七五七七・七の拍数の歌句が万葉仮名で二十一首刻まれています。大きなお寺では釈迦の足跡を刻んだ「仏足石《ぶっそくせき》」を境内に置いておがみますが、それをほめたたえる内容の歌詞です。例として四番目の歌詞を左にあげます。仏の足跡がすばらしい光を放って人々をみな救い浄土へ送ってくださるようにと祈る歌句です。

己乃美阿止夜与呂豆比賀利乎波奈知伊太志毛呂毛呂須久比和多志多麻波奈須久比多麻波奈

（この御跡《みあと》や萬《よろ》づ光を放ち出だし諸々《もろもろ》救ひ度《わた》したまはな救ひたまはな）

五七五七七の後にもう一度七の句がつくのはソロとコーラスのかけ合いでうたわれた事情の反映ではないかと筆者は考えています。この歌碑で最後の七字が大きさを小さくして刻まれているのも、その一句は歌い手が交代したからではないかと思います。うたに踊りも伴っていたかもしれません。想像をふくらませると歌碑の前でうたいながら踊った様子が目に浮かびます。誤解のないように述べておきますが、薬師寺にある仏足跡歌碑が、そこでうたったり踊ったりするためにつくられたものかどうかはわかりません。そういう様子がよくあらわれているということです。廣岡義隆氏の研究（『佛足石記佛足跡歌碑歌研究』和泉書院、二〇一五年）に詳しいのですが、いま薬師寺にある佛足石と佛足跡歌碑は、はじめから一対のものとしてつくられた可能性がほとんどありません。それぞれ別の事情で薬師寺に置かれるようになったものです。ここで考えているのは薬師寺にあるものに限ってのことではないので深入りしないで話しの筋に戻りましょう。

仏足跡歌碑に刻まれたもののような内容の歌詞を仏教の供養の席でうたっていたと考えて良いでしょう。五七五七…の形式の日本語の歌で、仏をほめたたえ極楽往生などを願うのです。たとえば『東大寺要録《とうだいじようろく》』という本に、天平勝宝四年（七五二）四月十日に元興寺から東大寺へ仏を讃える内容の次の歌が献上された記録があります。大仏開眼供養のお祝いとして贈られたものです。

比美加之乃夜万比遠岐与美迩井々世流盧佐那保度介迩波那多天万都留
（東の山辺《やまび》を清み新居《にゐ》せる盧舎那《るしやな》ほとけに花たてまつる）
乃利乃裳度波那佐岐迩多利計布与利波保度介乃美乃利佐加江多万波舞
（法《のり》のもと花咲きにたり。今日よりは仏の御法《みのり》さかえたまはむ）
美那毛度乃々利乃於古利之度布夜度利阿須加乃天良乎太々天万都留
（源《みなもと》の法《のり》の興《おこ》りし飛ぶや鳥あすかの寺の歌たてまつる）

できたばかり（新居）の大仏に花を捧げ、その威光で仏の教えが花のように栄えるように、日本に仏教を広めはじめた元興寺がお祈りするというのです。三首目に「あすかの寺」とあるのは、元興寺ははじめ飛鳥に建てられたので飛鳥寺とも呼ばれたからです。後にも詳しく紹介しますが、この前日の九日に東大寺で大仏開眼供養が行われたときに、天皇が行幸されてたくさんの雅楽や日本の歌舞が供養として上演されました。その翌日に「中宮」が東大寺へ行幸されたときもいろいろな音楽が演奏されたのですが、そのなかの一つとしてこの三首が贈られたのでした。声に出してうたったと考えるのが良いでしょう。この歌も仏教の供養の音楽の一つとしてうたわれたわけです。

　この『東大寺要録』は嘉承元年（一一〇六）つくられた本で、いま残っているのは長承三年（一一三四）に書き直されたものですが、東大寺が古くから持っていた記録をもとにして、朝廷のつくった『続日本紀』なども参考にしながら書かれ、古代の出来事の記録として信用できると言われています。『続日本紀』は、延暦十六年（七九七）にできた、八世紀の歴史の公式の情報を書いた本ですが、それに対して、お寺側の情報を書いていることになります。

　右に引用した日本語の歌の文字遣いを見ると、いかにも三百年以上前から東大寺に保存されていた記録をもとにして書かれたように見えます。「東《ひむかし》」を万葉仮名で「比美加之」と書いているのは「美」を撥音mにあてているのでしょうが、奈良時代以前ならムの発音はローマ字で書くとmuですから「牟」などで書いたはずです。「新《にひ》」を「迩井《にゐ》」と書いているのは平安時代後期のハ行転呼です。ト、テにあてる万葉仮名に「度」「天」を使っているのは九世紀の草仮名資料に似ています。その一方、「山辺」の意味の「やまび」は奈良時代の語です。しかし「び」にあてられた万葉仮名「比」は、いわゆる上代特殊仮名遣いの甲類・乙類の別に合っていません。「興《おこ》る」の「古」も合っていません。

『万葉集』の和歌のなかにも「仏前唱歌」のほかに仏教の行事で日本語の歌がうたわれたことを示す例があります。巻十六の三八四九、三八五〇番目の和歌です。

厭世間無常歌二首

生き死にの二つの海を厭《いと》はしみ潮干《しほひ》の山を偲《しの》ひつるかも
世の中の繁き仮廬《かりほ》に住み住みて至らむ国のたづき知らずも

もとになった歌は、河原寺で行われた何かの仏教供養の席でうたわれた後に、文字に書いて保存されていたのでしょう。題にある「世間」は、仏教用語では、仏教の教えの世界に入っていない俗な生き方をさす言葉です。現代語の「俗世間」にあたります。「無常」は、すべてのものは必ず変わってしまう、決してそのままではいられない、ということで、そういう仏教の考え方を「無常観」と言います。生死を潮の満ち引きにたとえ、この世を仮の住処《すみか》にたとえるのも仏教の考え方です。この言葉のとおりに読めば、この二首は、この世のわずらわしさを逃れて極楽往生を願う意味の歌になります。

しかし、「生きたり死んだり海の水が満ち引きするような生死の苦しみがいやで彼岸浄土を願ったことだ」「この世という移り変わって安心できない仮の場所に住み続けて極楽へ行く道もわからないことだ」のように、この世に生きているといろいろな悩みのある苦しさを表現しているとも読めます。それは『万葉集』の巻十六のなかに収められているからです。巻十六は、さまざまな人の想いや行動の興味深いものをテーマにした和歌を集めて一つの巻にしています。この二つの歌は、もとは極楽往生を願う歌として仏教の供養でうたわれたのでしょう。それを、この世に生きる悩みの表現に解釈し直して、『万葉集』の和歌にしたわけです。

ところで、この二首の左注には、

右歌二首、河原寺之仏堂裏、在倭琴面之

（この二首は河原寺の仏堂の中の和琴の面にあった）

とあります。この歌句が和琴の表面に書かれるか刻まれていたことに注目しましょう。一五九四番の「仏前唱歌」も琴の伴奏で合唱したと左注にあります。仏教の供養で歌をうたうとき琴を使ったわけです。奈良の正倉院の宝物のなかに長さ約二メートルの和琴があります。

林謙三氏は、これについて「東大寺の羂索院から移された二張は仏前で唄う何かの歌謡の伴奏に用いたものであろう」と述べています（正倉院事務所編集『正倉院の楽器』日本経済新聞社、一九六七年）。それでは、歌を和琴で伴奏することは仏教音楽の決まりだったのでしょうか。そうではありません。

仏教の音楽は当然ながら仏教とともに中国から来ました。隋や唐の時代、大きな寺には楽人たちが務めていて、宮廷と同じように舞楽を上演していました。日本の大きな寺もそれにならっていました。楽器や舞の道具もお寺が持っていました。たとえば宝亀十一年（七八〇）の『西大寺資財流記《るき》帳』をみると、奈良の西大寺の持っていた財産のなかに非常に多くの楽器と舞の衣装が登録されています。大きな寺で盛んに上演していたことがわかります。

その様子を私たちに伝えてくれる発掘資料もあります。二〇〇九年に西大寺から出土して二〇一〇年四月に新聞報道された墨書土器《ぼくしょどき》です。須恵器《すえき》の杯の底裏に左から二行書きで「皇浦／東□」と墨で書かれています。たぶん「皇甫東朝」という人の名です。その人なら、天平八年（七三六）に中国から帰った遣唐副使に同行して日本に来た人です。『続日本紀』の記事によると、天平神護二年（七六六）にたぶん姉妹である「皇甫昇女」とともに「舎利之會奏唐樂（舎利＝仏を讃える会で唐の音楽を演奏した）」という功績で従五位下の位をさずけられ、翌年「雅樂員外助兼花苑司正（雅楽寮の特任教員と花苑の管理責任者）」に任命されたとあります。最新の中国音楽の演奏と指導に功績のあった音楽家でした。西大寺へ来て演奏したり指導したときがあったので土器の墨書に名が書かれたのでしょう。土器の裏に文字が書かれた事情はいろいろですが、料理をのせる容器にもてなすお客が誰であるかを書くときがあります。これもそうかもしれません。なお、『続日本紀』に皇甫東朝が「花苑司正」を兼ねたと書かれていることについて筆者は次のように想像しています。歌舞の上演には花を用います。また仏教では散華ということをします。供養の場で花をまいて祝うのです。それに使ったことも考えられますから、雅楽の担当者が花園の管理責任者を兼ねたのは納得できます。

　ここに見たように、奈良時代のお寺で、供養として、中国や朝鮮半島から来た音楽とともに、日本の歌をうたったり舞をするときがありました。しかし、この節で取り上げた歌はどれも仏教の教えをもとにした歌詞です。神雄寺跡の木簡の歌句と「仏前唱歌」は秋の景色をうたっています。それがなぜ仏教の供養になったのか説明できなくてはいけません。次の節へすすんでその問題を考えましょう。

## 3　秋の景色が恋心など人の感情の表現にもなる

神雄寺跡で発掘された木簡に書かれていた「あきはぎの…」という語句と歌句が一致する『万葉集』巻十の二二〇五番目は、「秋雑歌」の「詠黄葉四十一首」という和歌たちのなかの一つです。『万葉集』は、一つの読み物として、和歌を一定の方針で並べています。読み物としての並べ方を「部立《ぶた》て」などと呼び、並んでいる順序を「配列」などと呼び、そのように並べる作業を「編纂《へんさん》」と呼びます。巻十の部立ては季節の別による分類です。『万葉集』の和歌をその内容の性格で分類して「雑歌《ぞうか》・相聞《そうもん》・挽歌《ばんか》」の三つに分けますが、雑歌で季節が秋、歌句の内容が「黄葉」を題材にしているものを集めた四十一首のなかの一首というわけです。

巻十は、作者の名が書いてなく、配列も歌がつくられた年の順になっていなくて、内容が四季のいずれであるかによって分類されています。『万葉集』が編纂されたとき、この二二〇五番目の和歌は、季節をうたっていて、つくられた事情は特に考慮しなくてよいものの一つとして扱われたわけです。それぞれの内容をある出来事と結び付けて読む和歌ではありませんでした。と言うのは、『万葉集』の巻八の部立ても巻十と同じく四季の分類ですが、和歌の作者の名が書かれていて配列がつくられた年代順になっています。誰がどんなときにつくった和歌であるか事情がわかる仕組みです。それぞれの和歌はその事情を考慮して解釈します。巻十に入っている和歌はそうではないということです。

さて、神雄寺跡で発掘された木簡に書かれている語句は初句と第二句の途中までです。その続きが『万葉集』の二二〇五番目の和歌と同じであったかどうかは確かめる方法がありません。そこで、話しをすすめるために仮設をたてます。これも詳しくは筆者の『木簡から探る和歌の起源』(笠間書院、二〇〇八年)を読んでいただきたいのですが、次の仮設です。

【『万葉集』に収められている「和歌」の多くは、編纂されたときに新しくつくられたのではなく世に伝えられていた日本語の「歌」を素材にして編集された。七、八世紀、つくられた「歌」のなかの出来の良いものが、世に広くうたわれたり、口伝えや木簡に書かれて保存された記録として後に残っていた。うたわれるときは、その歌句は必ずしも一つに定まっていなかった。うたうとき、伝えるとき、その場の条件やうたう席の趣旨に合わせて少しずつ言葉遣いを変えた。そして、同じ語句であっても、うたう場所や事情によってあらわす意味・情報が変わった。】

右の仮設を、『万葉集』の巻十六の三八〇七番目の和歌、

浅香山かげさへ見ゆる山の井の浅き心を我が思はなくに

を例にして説明しましょう。この歌句の左に漢文が書かれていて、葛城王が陸奥国においでになったとき、役人たちの態度に気を悪くされたのを、采女《うねめ》だった女性が霊水をささげこれをうたって癒したという物語になっています。漢文の末尾の「詠此歌」は、流行していた歌をその場に合わせてうたったという意味だと解釈されています。

『万葉集』が編纂される前に流行していたことが二〇〇七年に確かめられました。滋賀県の宮町遺跡から出土した木簡にこの歌句の前半と同じ「阿佐可夜《あさかや》□□□□□□流夜真《るやま》□」という語句が書かれているとわかったのです。天平十五年（七四三）か翌年に書かれた木簡です。

そして、この木簡の裏には「難波津の歌」が書かれていました。「難波津の歌」と「浅香山の歌」は、『古今和歌集』の平仮名で書かれた序文（以下「仮名序」と呼びます）に「うたのちちははのやうにて、てならふひとのはじめにもしけり」と書かれています。平安時代に和歌の書き方、つくり方を勉強するときは、まずこの二つの歌からならいはじめました。二首のうち「浅香山の歌」は男女の間の愛情を表現する和歌をつくるときの手本でした。この歌

句をもとにして語句を入れ替え工夫して異性に贈る和歌をつくったのです。

「あさか山」は畿内にもありますから陸奥の国のだったとは限りませんし、清水の湧く山ならほかの山の名に変えても歌句の意味が成り立ちます。また、平安時代の『大和物語』では、後半の歌句を「浅くは人をおもふものかは」に変えて女性が自殺したときの悲しい和歌に仕立てられています。

このように「浅香山の歌」は八世紀の前半から世に広くうたわれていて、いろいろな場面で歌句の一部分を変えたり解釈の仕方が変わったりしていたのでした。

この仮設をあてはめると、『万葉集』を編纂したとき、二二〇五番目の和歌になったものと発想が同じで、歌詞の語句の多くが一致する「歌」が、何かの形で伝えられていて、それを選んで『万葉集』のなかの和歌の一首にしたてたわけです。神雄寺跡の木簡が書かれたときにその歌詞ができたとは限りません。たぶん、秋の景物を題材にした歌のなかに、『万葉集』の二二〇五番目とおおよそ同じ内容の一つの「歌」があって、伝えられてきた形のなかの一つがそのとき書かれたのでしょう。神雄寺跡の木簡に書かれた語句と『万葉集』の二二〇五番目の和歌は、一つの「歌」の別の version あるいは take なのです。一つの「歌」があって、文字に書かれる機会が何度かあり、そのうちの二回が神雄寺跡の木簡と『万葉集』

だったということです。木簡に書かれるときは、前も述べたように、声に出してうたうのに適した万葉仮名で一字一音式に書かれ、『万葉集』に収められるときは、漢字の訓よみを使って読みものとしてふさわしい文字遣いで書かれたのでした。たとえば終助詞「かも」に「鴨」をあてているように、目で見て楽しむ仕掛けになっています。たぶん『万葉集』に収められる前にも漢字の訓よみで書かれる機会があったでしょう。

『万葉集』のなかに「秋萩の」ではじまる和歌は全部で十五首あります。念のため述べておきますと、それらの書き方はすべて漢字の訓よみを主に使って歌句を書いた訓字主体表記《くんじしゅたいひょうき》です。神雄寺跡の木簡のように万葉仮名で一字一音式に書かれたものはありません。そのうち十首が「秋雑歌」の部立てに収められています。残りの五首は「秋相聞」の部立てに入っています。たとえば巻八の一六〇八番目の和歌、

秋萩の上に置きたる白露の消《け》かもしなまし恋ひつつあらずは

（秋萩の表面の白露が消えてしまうように消えてしまいたい。こんなに恋いこがれて苦しんでいるよりは）

は、秋の景色を述べた第一、二句が和歌の技法で言う「序詞《じょことば》」になっています。白露にたとえられる心情で恋心を表現しているので「相聞」の部に入れられたのです。この和歌と同

じ巻八に入っている一五九五番目の和歌、

秋萩の枝もとををに置く露の消なば消ぬとも色に出でめやも

（秋萩の枝に置く露が消えるように死んでも心の中の思いを顔に出すことがあろうか）

は、使われている語句がよく似ていて、これもひそかに誰かに恋をしているという表現に読めます。しかし、こちらは「秋相聞」でなく「秋雑歌」に収められて「仏前唱歌」の次に並んでいます。歌句が似ていても『万葉集』ではちがう分類に入っているのはなぜでしょう。

前に述べた仮設をあてはめると、秋の景物を題材にした「歌」がいくつもつくられていて、景物そのものの美しさをうたったり景物が恋心などいろいろな感情のたとえになったりしていたのです。『万葉集』を編纂したときに、そのなかから、歌詞の内容やつくられた事情によって、あるいは読む人の解釈の仕方のちがいによって、それぞれ、あるものは雑歌に分類され、あるものは相聞に分類されて、今の部立てに収められたのです。神雄寺跡で発掘された木簡に書かれた歌も、そうしたいくつもつくられていた秋の景色をうたった「歌」の一つだったと考えて良いでしょう。

季節の景色をうたった歌句が人の感情や意志などさまざまな表現になることは、和歌のもとになった日本語の「歌」というものが何のためにつくられたかという、根本的な事情に結び付いています。その事情がよくわかるのは、「浅香山の歌」の説明で取り上げた『古今和歌集』の仮名序の一節にある次の記事です。

いにしへの世々のみかど、春の花のあした、秋の月のよごとに、さぶらふ人々をめして、ことにつけつつ、うたをたてまつらしめたまふ。

古代には、天皇は良い季節のときごとに臣下たちを集まらせて、そのときそのときのテーマで「うた」を献上させたというのです。天皇が何のためにそうなされたか、ここには書かれていませんが、同じ『古今和歌集』の漢文で書かれた序文（「真名序」）で、右の仮名序の記事にあたるところに次のように書かれているのでわかります。

古天子、毎良辰美景、詔侍臣、預宴筵者献和歌。君臣之情、由斯可見、賢愚之性、於是相分。所以随民之欲、擇士之才也。

天皇が良い景色につけて臣下たちを招いて「和歌」を献上させたというところは仮名序と同じです。その後に、臣下が献上する和歌を見れば、どのようなことを考えていてどんな才能の人なのかわかる、だから「民」がこの人がふさわしいと思うような才能のある人を選ぶ、ということが書かれています。第一章の1節で紹介した、教養のある人が人望を集め政治を担当するのにふさわしいという考え方です。

『古今和歌集』の序文に書かれているような天皇の主催する宴席で、秋の景物を題材にしてうたった実際の例が歴史の記録に出てきます。たとえば寛平四年（八九二）にできた『類《るい》聚国史《じゅこくし》』という本の巻三十二「帝王部」十二の延暦十七年（七九八）八月の記事に、

庚寅、遊猟於北野、便御伊予親王山荘、飲酒高会、于時日暮、天皇歌曰　気佐能阿狭気《けさのあさけ》奈久知布之賀農曽乃己恵遠岐嘉受波伊賀之与波布毛奴止毛《なくちふしかのそのこゑをきかずはいかしよはふけぬとも》　登時鹿鳴、上欣然、令群臣和之、冒夜乃帰

とあります。秋の八月、桓武天皇の主催する狩猟が北野で行われました。その後の伊予親王の山荘での宴席で、天皇が、

今朝のあさけ鳴くちふ鹿のその声を聞かずはいかし夜は更けぬとも

（今朝鳴いていた鹿の声をぜひ聞きたい。夜は更けたけれども）

という歌詞の御製をうたわれ、その歌声に野の鹿が唱和して鳴いたというのです。帝王としての徳が動物の心まで動かしたという趣旨です。ここにも良い政治は優れた人間性に裏付けられるという考え方があらわれています。

右の例は平安時代の記録ですが、『万葉集』をみると「鹿鳴」を題材にして秋の景色をうたった和歌がたくさんあります。たとえば巻八の一五五〇番目の和歌、

秋萩の散りのまがひに呼びたてて鳴くなる鹿の声のはるけさ
(秋萩の散り乱れる季節に妻を呼ぶ鹿の声が遠くから聞こえることだ)

は「湯原王鳴鹿歌一首」という題が付けられています。この伝統が平安時代にも受け継がれて、桓武天皇の宴席でも取り上げられたと考えてよいでしょう。「もみち」「秋萩」等を詠み込んだ和歌も多く、右にみた「仏前唱歌」の素材は「もみち」、神雄寺跡の木簡と『万葉集』巻十の二二〇五番目の和歌は「秋萩」です。一五五〇番目の歌句には「秋萩」も含まれています。秋の景物は、良いことの象徴として、公的な宴席でうたうテーマによく取り上げられたのです。

『古今和歌集』の仮名序でも、右に引用した「みかど…うたをたてまつらしめたまふ」という文章の後に「あるは…あるは…」のようにして、良い季節のときごとにどんな歌がつくられて天皇に献上されたか紹介しています。その一節は次のとおりです。

…あるは、「松山のなみ」をかけ、「野中の水」をくみ、「秋萩のしたば」をながめ、あかつきの「しぎのはねがき」をかぞへ、あるは、…

この一節は、人の感情をテーマにした和歌の例をあげたところです。ここに「　」に入れて示した四首の和歌は、『古今和歌集』のなかに収められている次のものをさしています。

とくに三番目の「あきはぎの…」は神雄寺跡の木簡に書かれた歌と『万葉集』の二二〇五番目の和歌に似たところがあります。

巻二十の一〇九三番目「大歌所歌」の「東歌」の「みちのくうた」
きみをおきてあだしこころをわがもたばすゑのまつやまなみもこえなむ
（あなた以外の人を想うなんてことは末の松山を波が越えるなんてありえないのと同じくらいありえない）

巻十七の八八七番目「雑歌上」の「題しらず」
いにしへの野中の清水ぬるけれどもとの心を知る人ぞくむ
（水が今はぬるいけれど以前は冷たくておいしかったことを知る人が汲んでくれてうれしい）

巻四の二二〇番目「秋歌上」の「題しらず」
あきはぎのしたばいろづく今よりやひとりある人のいねがてにする
（秋萩の下葉が色付いて寒くなった今、一人寝をすることになった人のさみしさよ）

巻十五の七六一番目「恋歌五」の「題しらず」
あきのしぎのはねがきももはがき君がこぬよはわれぞかずかく
（秋の鴫が羽を何度も何度も掻くように悶々として寝られないことだ）

秋の景色が人の感情のさまざまな表現になったわけを確かめました。歌句で直接に言っていなくても、たとえとして、あるいはうたうときの場所や事情から、理解できたのです。そして、その表現をするためにつくられた歌句には、うたい手の教養があらわれたのでした。秋の景色が公的な宴席で歌のテーマとして取り上げられたことも確かめました。それでは、仏教の供養になったのはどんな事情だったのでしょう。

## 4　秋の景色をうたうことがなぜ仏教の供養になったか

この本の最初に取り上げた『万葉集』巻八の一五九四番目の和歌の、

しぐれの雨まなくな降りそ紅ににほへる山のちらまく惜しも

という歌詞はどうみても秋の景色です。しかし「仏前唱歌」という題が付いています。前の節で確かめたとおり、紅葉や秋萩や鹿の鳴き声を題材にした歌は公的な席でよくうたわれました。そして、秋の景色や物をうたうことは人の感情などさまざまなことがらの表現になりました。前に述べたように、巻八はうたわれた事情を考慮しながら読む仕組みの配列になっています。この場合、美しいもみじが冷たい雨に散る景色は、何の表現になっているのでしょうか。もみじの散る景色をうたうことが供養になった事情を説明できれば、神雄寺跡の木簡に書かれた「秋萩…」の歌詞も、同じような事情を想像することができます。

思具礼能雨無間莫零紅尓丹保敝流山之落巻惜毛

仏前唱歌一首

右冬十月皇后宮之維摩講、終日供養大唐高麗等種々音楽、尓乃唱此歌詞、弾琴者市原王忍坂王後賜姓大原真人赤麻呂也、歌子者田口朝臣家守河辺朝臣東人置始連長谷等十数人也

一五九四番目の題と歌詞と左注の漢文の原文は右のとおりです。左注の漢文のはじめにある「冬十月」とは、前の一五九三番目の和歌の左注に「右天平十一年己卯秋九月作」とあり、後に出てくる一五九九番目の和歌の左注に「右天平十五年癸未秋八月物色作」とあることから、その間のいずれかの十月になります。巻八の和歌はつくられた年代順に並べられているからです。後に述べるように、藤原鎌足が亡くなって七十年目の天平十一年（七三九）にあたると多くの学者が考えています。

「秋雑歌」の部立てに「冬十月」は実は矛盾です。十月は冬です。しかし、『万葉集』にはこういうおおらかなところがあります。巻八でこの和歌の前に置かれている一五八一〜一五

九一番目の和歌は「橘朝臣奈良麻呂結集宴歌十一首」という題でまとめられています。全部の歌句に「黄葉」が出てきますから、この宴会の席で出席者が披露する歌のお題は「もみち」だったのでしょう。この十一首の末尾の一五九一番目の和歌の左注にも「以前、冬十月十七日集於右大臣橘卿之旧宅宴飲也」と書かれています。実際にうたわれたのは暦の上で冬だったのですが、黄葉を題にしているので『万葉集』では秋の部立てに入れられたわけです。一五九四番目の和歌がここに置かれた理由も同じでしょう。

このとき主催した「皇后」光明子《こうみょうし》は、聖武天皇の皇后で、藤原不比等《ふひと》の娘、鎌足《かまたり》の孫です。維摩講は維摩経を講義説教する催しです。それを行う仏教供養を維摩会《ゆいまえ》と呼びます。たくさんの費用をかけて大勢の人に集まってもらい維摩経の内容を説明することを仏へのお供えにしたわけです。仏教の供養の一つですが、奈良時代には藤原氏一族の行事として行われていました。維摩会が日本で最初に行われたのは斉明天皇の四年（六五八）で、会場の山階《やましな》寺をその前の年に藤原鎌足が建てたという事情があったからです。この山階寺が後に興福寺になりました。『続日本紀』の天平宝字元年（七五七）閏八月の記事によると、その後は行われなくなっていたのを、藤原京の時代に不比等が復活し、毎年十月十日から十六日まで興福寺で行われる習慣になっていました。十月十六日は鎌足の忌日《きにち》です。『万葉集』の左注には

「皇后宮」で開催されたと書かれていますが、この「宮」は、藤原不比等の屋敷の跡で、後に法華寺になった場所ではないかという説があります（井村哲夫氏「天平十一年「皇后宮之維摩講仏前唱歌」をめぐる若干の考察」『憶良・虫麻呂と天平歌壇』翰林書房、一九九七年など）。「宮」は主催する皇后をさしていて実際の会場は興福寺と考える説もあります（吉川真司氏前掲論文など）。いずれにしても、藤原氏に深いつながりのある場所が会場でした。『万葉集』の題が「仏前」となっているとおり、仏様のための供養ですが、藤原一族の行事であり、鎌足を意識して行われていた可能性があることに注意しましょう。

さて、左注には続いて次のように書かれています。維摩経の講義が終了した日に、供養として中国と高句麗などの種々の音楽が演奏され、その後にこの歌詞をうたいました。市原王《いちはら》と忍坂王《おしさか》が琴をひき歌い手は田口朝臣家守《やかもり》はじめ十数人でした。儀式の音楽の一つとして、琴の伴奏で日本語の歌の合唱が行われたわけです。なぜこの秋の景色の歌句をとくにこの維摩会でうたったのでしょうか。皇后の主催した儀式で、雅楽の演奏と並んで供養の一つとしてうたわれ、伴奏と合唱を皇族、貴族たちが行ったのですから、選んだのは何か理由があったはずです。

多くの学者は、もみじの散る秋の景色と仏教の供養とを無常観から何とかして結び付けようとします。たとえば伊藤博氏は「もともと仏教とは関係なく、散り失せるもみじを惜しむ心を詠んだ歌である。紅に照り映えるせっかくの山が一挙に消え失せること、つまり、そこに漂う無常を嘆く心を取って、冬十月の法会にふさわしい作として取り上げられたものと覚しい」と述べています（『萬葉集釋注四　巻第七巻第八』集英社、一九九六年）。井村哲夫氏（前掲論文）のように無常観を強く主張する説もあります。

吉川真司氏は、日本ではもみじは「心喜ばしい季節、秋の象徴」であったが「中国では秋は哀しみの時とされ、黄葉や落葉が悲傷の漢詩に詠まれた。そうした感情と表現が少しずつ日本に伝わり、さらに仏教的無常観が浸透していった結果、「悲哀・無常の黄葉の和歌」が成長することになったのではなかろうか」と、一歩すすんだ説を出しました（前掲論文）。神雄寺跡から出土した墨書土器のなかに「黄葉」と書かれたものがあります。漢詩では「もみち」を「紅葉」でなく「黄葉」と書きます。その影響をうけて『万葉集』でも「もみち」はほとんどの場合この字をあてて書かれています。そのように、八世紀の後半に漢詩の教養が多くの人にひろまっていたのは本当です。

しかし、無常観を理由にして仏教と結び付けると、もみじの散る景色の歌すべてにあてはまってしまいます。そして、2節で「猒世間無常歌二首」について述べたように、もとの仏教供養の歌と『万葉集』のなかの和歌とでは、同じ歌詞でも解釈される意味がちがいます。吉川氏は『万葉集』という文学作品のなかでこの歌詞を解釈しようとしています。しかし、ここで知りたいのはなぜ仏教の供養になったかです。維摩会が無事に終わった祝いとして「悲哀」をうたうのはふさわしくありません。もみじは秋の良い季節の象徴で、それが散る様子に極楽往生などを願う意味の表現が込められたはずです。

なぜこの歌が選ばれたのか。この歌詞を、鎌足をはじめ藤原家の故人たちの霊が、この維摩会の席から帰って行くのを惜しむ表現として、解釈したいと筆者は思います。

それを考える手がかりは、やはり、藤原鎌足の忌日しかも七十周忌にうたわれたことです。前に取り上げた『続日本紀』の天平宝字元年閏八月の記事は、藤原不比等の孫の仲麻呂たちが、興福寺の維摩会を盛んに行うための費用として、鎌足の持ち物になっていた田を寄付したいと申し出た「上表《しょうひょう》（天皇に申し上げる公式の手紙）」の引用です。この維摩会を毎年十月に行う趣旨は「此是、奉翼皇宗、住持仏法、引導尊霊、催勧学徒者也（天皇をおたすけし、仏教をまもり、尊い霊を極楽浄土へ導き、学問をすすめるため）」と書かれています。その後に「遂使内大臣之洪業、与天地而長伝、皇太后之英声、倶日月而遠照」と書かれています。仲麻呂たちは、内大臣（鎌足）の洪業（功績）と、皇太后（光明子）の英声（御意思）が、長く世に伝えられるようにしたいと願って、この寄付を申し出たのでした。趣旨のなかの「引導尊霊」は、藤原氏の霊、なかでも鎌足の霊も意識しているのではないでしょうか。「引導」とは極楽浄土へ案内することです。

山の美しいもみじが散ってしまうからそんなに絶え間なく降らないでおくれと時雨に呼びかける「仏前唱歌」の歌詞は、何かの良い時が過ぎてしまうのを惜しんでいるように読めます。ともに良い時をすごした人がいなくなってしまうのを惜しむ表現にも、この歌詞をあてはめることができるでしょう。前の節で取り上げた古今集の二二〇番目の和歌「あきはぎのしたばいろづく…」も、誰かがいなくなった後、一人で寝る寂しさの表現に読めます。そこで、この維摩会に霊を招いて、維摩経の説教を聴いてともに良い時をすごし、お別れにこの歌をうたったと解釈するわけです。

奈良時代の仏教は生きている人の幸福を願うものでした。仏教の法会が祖先の霊に対する供養として行われるようになったのは、ずっと後、中世からです。しかし、秋の行事で祖先の霊と交流する文化は人類に普遍的な現象です。では、恭仁京の神雄寺で行われた供養の席では、参列した人たちがどのような霊を意識したでしょうか。それは夢のうちになります。

この考えは筆者が全くはじめて思いついたとは言えません。「仏前唱歌」の解釈を述べた説は鎌足の忌日と七十周忌のことを必ず言っていますから、誰もが考えてみることなのでしょう。しかし、裏付けされていません。以下、いろいろなことを調べ考えて、それを裏付けてみたいと思います。

まず取り上げて考えたいのは、琴による伴奏です。2節で見た事情から考えると、「大唐高麗等種々音楽」は寺に務めていた楽人が演奏したでしょう。雅楽寮から楽人が来た可能性もあります。その楽器編成にも琴の類が含まれていたはずですが、この伴奏に用いた「琴」は、その後に別に書かれていますから、「和琴《わごん》」だと考えるのが良いでしょう。なぜ仏教の法会と秋の景色の歌が結び付いたのか、その疑問を解く鍵は、和琴で伴奏したところにあると筆者は思います。「仏前唱歌」は琴の伴奏が藤原家の故人たちの霊と交流する意味を持っていたと考えるのです。そこで、ここから話しのすすめ方に回り道をして、和琴について調べましょう。

# 第三章　和琴の種類とはたらき

## 1　日本列島で使われていた琴

和琴の祖先にあたる琴は弥生時代からありました。もっと古い縄文時代の琴があったという説も出されていますが、確かではありませんし、和琴とちがう形なのでこの本では取り上げません。

弥生時代から古墳時代の日本の琴には大小二つの規格がありました。小型のは、一枚の板に弦を張ったもの。板の形は三角に近いのも長方形のもあります。長さは最小の例は二十四センチ、長くても六十センチくらいです。大型のは、表面が一枚の長方形の板で共鳴音を出して音量を豊かにする槽の付いたもの。長さは最小でも六十センチ、長いものは百六十センチくらいです（笠原潔『埋もれた楽器』春秋社、二〇〇四年、荻美津夫「音楽と舞」『列島の古代史　ひと・もの・こと　5　専門技能と技術』岩波書店、二〇〇六年）。このほかに断面が二等辺三角形のようになる棒に弦を張った形のものがありました。長さ六十センチくらいから一メートルを越えた例もあり、模様を刻むなど手をかけてつくられています。たとえば千葉県の菅生《すごう》遺跡で出土したものは側面を曲線的に削り弦を張るところに刳《く》り込みを入れています（増田修

「古代の琴（こと）―正倉院の和琴への飛躍」『市民の古代』第一一集、市民の古代研究会、一九八九年に紹介）。笠原氏は、これは中国の「筑《ちく》」のように立てて鳴らす弦楽器で、横に置いてひく琴ではないと言っています（前掲書二〇二～五ページ）。その意見に従って、ここでは扱わないことにします。

出土した琴の実際の例をいくつか見ましょう。一九四三年に静岡県の登呂《とろ》遺跡で発掘された琴は約四十センチの一枚板です。弥生時代後期、三世紀のものです。天理市の布留《ふる》遺跡からは古墳時代後期の同じような形のものが出土しています（布留遺跡天理教発掘調査団『出土木器の樹種と木取りⅠ・Ⅱ　布留遺跡研究中間報告3』一九八一年）。登呂遺跡からは、右のほかに、板に共鳴槽を取り付けた一メートルくらいの長さの琴が二〇〇一年に出土しています（静岡市教育委員会『特別史跡　登呂遺跡発掘調査概要報告書Ⅱ』二〇〇一年）。胴部に漆が塗られているので立派なつくりだったことがわかります。それに対して、後にまた述べますが、一枚板のは、切り板に転用して再利用された跡があるので、即製だったようです。安土城考古博物館に展示されている滋賀県守山市の服部遺跡と草津市の中沢遺跡から出土した琴も、長さ百数十センチで共鳴槽が付いていています。六世紀のものですから古墳時代の後期です。登呂遺跡の琴の共鳴槽は側板と底板を組み立てた箱の形ですが、その他の遺跡から発掘されたものの共鳴槽は、一本の木をくりぬくか、一本の木から削りだしたものに底板をあてがうか、いずれかだそうです（笠原氏前掲書一二三頁）。

古墳から出土した埴輪に、人が琴をひいている姿をあらわしたものがいくつかあります。たとえば福島県泉崎村原山1号墳の五世紀の埴輪は、植木鉢のような形の台の縁にのせた大型の琴を、みづらを結い冠を付けた男性がひいています。神奈川県蓼原古墳で発掘された六世紀の埴輪は、膝の上に小型の琴をのせてひいています。一枚板の琴に見えます。群馬県朝倉・広瀬古墳群の一つから出土したものは同じ姿ですが少し大きい琴です。福島、神奈川、群馬の地域差をはじめいろいろな条件を考慮しなくてはなりませんが、笠原氏は、はじめの頃の埴輪では植木鉢状の台の中にひき手がすわるデザインになっていて人の下半身を省略してつくられていたところ、後には身分の高い人を足の先まで表現した全身像としてつくるようになったために、いすに腰を掛けて琴を膝に置いた形になったと説明しています（前掲書二二六〜七頁）。蓼原古墳の琴が小さいのは埴輪のつくり方の都合だったわけです。古墳時代には大小いろいろな大きさの琴が儀式で使われていたと考えて良いでしょう。ただ、埴輪では共鳴槽付きかどうかはわかりません。椙山林繼氏は、埴輪で琴が板状に表現されている例が多いことについて「埴輪では微細な点は明瞭でない」と述べています（「『やまとごと』の系

泉崎村原山１号墳の五世紀末の埴輪（以下写真４点、一瀬和夫・車崎正彦『考古資料大観　第四巻　弥生・古墳時代　埴輪』小学館、2004年より引用）

蓼原古墳の六世紀の埴輪

朝倉の古墳の六世紀の埴輪

譜」『國學院雜誌』八一巻一一号、一九八〇年十一月)。その上、埴輪が発掘されるときは普通壊れているので、それを現代の人が修復するとき、欠けているところは想像して補いますから、もとと違った形になってしまうときがあるという事情があって、本当はどうだったのかわかり難いのです。

弦の数はいろいろありましたが、古墳時代まで五本が普通だったようです。出土した琴の端の突起の数が弦の本数を知る手がかりになりますが、六突起のものが多いからです。登呂遺跡の一枚板のも六つです。原山1号墳の埴輪を見ると、ひき手からみて左の端に突起があり、突起の間にもう一方の端まで直線が刻まれていてこれが弦を表現しているのでしょう。福岡県の宗像大社沖ノ島5号遺跡から出土した銅に金メッキをした琴の模型も五弦です。ここで行われた神を祭る儀式のお供えでした。七世紀の末から八世紀はじめのものと推定されています(第三次沖ノ島学術調査隊編『宗像沖ノ島』宗像大社復興期成会、一九七九年)。弦の数については後にも述べます。

今までに出土したなかで最も古いものは、東大阪市の瓜生堂《うりゅうどう》遺跡から出土した弥生時代前期の一枚板の琴です。共鳴槽の付いた琴や棒状のは弥生時代の中期から後に出てきます(荻氏前掲論文二四三ページ)。また、弥生時代と比べて古墳時代には共鳴槽付きのものが多く出土します（同）。まず一枚板づくりの小型の琴があって、それをもとにして共鳴槽を付けたり細工を施したと考えるのが自然です（林謙三『正倉院楽器の研究』風間書房、一九六四年など）。しかし、弥生時代から両方があったと考える説もあります（水野正好「楽器の世界」『弥生文化の研究 8祭と墓と装い』雄山閣、一九八七年）。出土した琴の数全体が少ないので、どちらが正しいとも確実には言えません。それよりも、弥生時代の登呂遺跡から一枚板と共鳴槽付きの両方が出土していること、古墳時代の埴輪にも大小両方があることに筆者は注目します。使い方は同じだったのでしょうか、何かちがいがあったのでしょうか。次の節では古代の琴が何のためにどのように使われたかを見ましょう。

## 2　琴は神と人とが交流する道具だった

笠原氏は、古代の琴には「水辺祭祀の一環として水中に投棄されたと推定されるものが多い」と述べています（前掲書一七四ページ）。水辺で神をまつる儀式をするときに琴をひき、ひいた後、水に流して捨ててしまったものが発掘されるわけです。神雄寺跡もまた、水源を信仰する場所であったことをここで思い出しておきましょう。神をまつる儀式をした後にお祈りに使った用具を水に流して捨てるのは人類に普遍的な習慣です。日本でも朝鮮半島でも、竜神の絵やお祈りの文句を書いた木簡が池の跡などから発掘されることがあります。水害がないようにとか、雨を降らせてくださいとか、お祈りした後、儀式で使ったお札を神にささげたわけです。現代も、灯篭流しや神社でさずかったお札を海に流すなど、お祈りに使った用具やお供え物を水に捨てる習慣が広く残っています。琴を水に捨てたのは、琴が神と人との対話をつなぐはたらきをもっていたということです。神に申し上げたことを琴に込めて神にお渡しするわけです。琴をひくことにはそういう意味がありました。『古事記』や『日本書紀』に神託《しんたく》が出てきます。神におうかがいをたてるとき、琴をひきながらうたって祈るのです。その琴も使った後で水に流したのではないでしょうか。

笠原氏は、もう一つ筆者が興味深く思うことを述べています。一枚板づくりの小型の琴は作りが粗雑で「アマチュアが制作した、いわば「個人持ち」の楽器ではなかったか」と推測し、それに対して共鳴槽付きの大型の琴は「共同体が所有した、祭祀用」というのです（前掲書一一五ページ）。登呂遺跡の大型の琴に漆が塗られていることを思い出しておきましょう。大勢の集まる場で立派なつくりの琴を使うのは自然ですから、笠原氏の推測は納得できます。また、笠原氏は、登呂遺跡の一枚板づくりの琴が後に切り板に転用されていると指摘しています（前掲書一一八ページ）。現代のまな板のように使われた跡が残っているのです。祭りで使ったのならその後は神にささげて捨てたはずですから、そんな再利用はしません。その琴は祭り用でなく個人でひいたのかもしれません。では、琴の大小の規格のちがいはお祭り用と個人用だったのかと言えば、そうではありません。蓼原古墳の琴をひく人物の埴輪のように、小型の一枚づくりの琴も祈りや祭りで使われたはずです。個人的に演奏を楽しんでいる姿を埴輪にして古墳の周りに立てたとは考え難く、お祭り、祈りなど、儀式で琴をひく様子をあらわしたのです。

そこで筆者は次のように考えます。大きさのちがいは、琴をつくるときの事情が即席だったか計画的だったかのちがいによるのではないでしょうか。急に神におたずねする必要が出てきたときや、個人的に祈りたいときなどには、一枚板づくりの小型の琴をその場でつくり、定期的に行うと決められているお祭りや、計画をたてて十分にお祈りの用意をするときなどには、大型の良く鳴るように細工した立派なものを時間をかけてつくったのではないかということです。

使った後、小型のは水に流すなどして捨てたでしょう。大型のものも古くはそうしたのかもしれません。神に祈るために使った後に捨てるには、一枚板の小型のものの方が扱いやすいでしょうが、上等のものこそ神にささげる価値が大きいという考え方もできます。しかし後の時代には、大型の琴は、しまっておいてまた使うようになります。どのようなときに琴をひくかが変わるからです。七世紀から後には、信仰としてのお祭りだけでなく役所が行う儀式でもひくようになります。そのとき、小型のは使い捨てにしたかもしれませんが、大型のは何度も使ったでしょう。役所が行う儀式は日にちが決まっていて回数が多いからです。

七世紀の後半から、日本は中国の隋や唐の律令《りつりよう》制度《せいど》にならって行政の仕組みをつくろうとしました。律令は現代で言う法律です。「令」は人のするべきことの具体的な決まり、「律」は「令」を守らなかったときの罰の決まりです。中国をまねてつくられた日本の律令のなかに「僧尼令《そうにりよう》」「学令《がくりよう》」があります。僧、尼がするべきこと、してはいけないこと、大学の仕組みなどの決まりです。そのなかで娯楽として音楽を楽しむのは禁止されています。しかし琴をならうのは許可されています。それは、お寺や役所の儀式で仕事として琴を演奏する機会があったからです。この後に詳しく紹介しますが、中国の国の仕組みのなかで、音楽の演奏は儀式のなかの一つ、つまり役所の仕事の一つでした。

隋や唐の制度にならった変化は、和琴の弦の数にもあらわれています。推古天皇が七世紀のはじめに遣隋使を送ったときの中国側の記録には日本で五弦の琴を使うと書かれていま

新羅の壺の飾り（国立慶州博物館編『国立慶州博物館』（ガイドブック）通川文化社、2010年より引用）

す。実際に、前の節で見たとおり、出土した琴は大型のも小型のも多くは五弦です。沖ノ島の琴の模型も五弦です。しかし、第二章の2節に出てきた正倉院の八世紀の大型の和琴は六弦です。中国の音楽制度の歴史で、琴の弦の数が古くは五であったのが、後に六に定められた影響を受けたのでしょう。中国の律令制度による行政の仕組みを日本の国が取り入れたことによって文化にも生まれたいろいろな変化のなかの一つでした。新しい音楽の理論と演奏技術とともに楽器の規格が伝えられ、その影響を受けて、和琴も新しい六弦の規格に変わったわけです。

韓国の慶州味鄒王《ミチュワンヌン》陵地区から一九七三年に発掘された五世紀の新羅の高さ三十四センチの壺（国立慶州博物館蔵）は、人型をした生き物がいろいろな動作をしているところをあらわした立体的な飾りが付いていいます。その飾りの一つの生き物がひいている琴は、ひき手の体の大きさと比べて長さが二メートル近く、幅も一メートルに近い大型に見えます。六弦で、たぶん共鳴槽付きでしょう。演奏者は琴の前にすわってかがみ込んでひいています。この楽器をつくるような技術が日本へ伝えられたのでしょう。

その一方で、八世紀になっても一枚板の琴がつくられていたことに注目しましょう。兵庫県丹波市（旧氷上郡）春日町の山垣《やまがき》遺跡から一九八三年の発掘で長さ六十センチ弱、幅五センチ強のものが出土しました。この遺跡は郡の役所だったと推定されています。大宝二年（七〇二）から霊亀元年（七一五）の間の役所の仕事関係の木簡のほかに、斎串《いぐし》、人形や馬形などの祭りの道具が一緒に出土しました（『木簡研究』第六号、木簡学会、一九八四年、四一～四七ページ。同第二〇号一九九八年の二一七～二三一ページに木簡解読の訂正）。この琴は、役所の行う儀式で音楽を演奏し、そのとき職員の一人がひいたと推測できます。

地方の役所は、豊作を祈ったり雨乞いをしたり仕事がうまくいくように祈るなどいろいろな祭りを行っていました。そのとき神に祈る言葉を伴奏して琴をひいたのでしょう。そして、たぶん、祭りの後その琴は水に流して捨てたのです。琴をひいて神に何かを申し上げるという点では古墳時代までと変わりません。変わったのは祭りの性格です。琴をひいて祈る儀式が新しい政治制度の仕組みのなかに取り入れられたわけです。そしてそれを裏返しに言うと、新しい制度に伝統的な祭りの仕方が組み込まれて残ったのです。

この章では、古代の和琴が神と人との対話の媒介であったことを確かめ、小さい一枚板と大きい共鳴槽付きの二つの規格は、その場で祈るときと時間をかけて祈る準備をするときとのちがいによるのではないかと考えました。琴をひいて祈る儀式の性格が歴史的に変化した様子も少し見ました。この先、この考え方をさらに発展させて行きます。

八世紀には、儀式をいつ何のために誰が行うかなどのちがいにあわせて、その儀式のなかで上演する音楽や舞に区別が出てきます。それを知るために、もう少し回り道をして、中国の古代の音楽制度と、日本に伝えられた事情、伝えられた後に日本ではどのようになったかを見ましょう。それを考えに入れてから和琴の伴奏で日本語の歌をうたう問題に戻ります。

# 第四章　七、八世紀の日本の音楽制度

## 1　中国の音楽制度が朝鮮半島を経由して日本に来た

『日本書紀』の允恭《いんぎょう》天皇の四十二年正月の記事に、

新羅王聞天皇既崩、驚愁之、貢上調船八十艘及種々楽人八十。是泊対馬而大哭、到筑紫亦大哭、泊于難波津、則皆素服之、悉捧御調、且張種々楽器。自難波至于京、或哭泣、或歌舞、遂参会於殯宮也

と書かれています。天皇が崩御されたとき、新羅の王が驚き嘆いて見舞いの品を八十艘の船に積み、いろいろな音楽を担当する楽人八十人を送ってきました。八十は実際の数でなく立派という意味を込めた数字でしょう。楽人たちは、まず対馬に泊まって大声で泣き叫び、筑紫でまた泣き叫び、船が難波津に着くとみな白い服に着替え供物をささげて楽器の弦を張り、都に着いて泣き叫んだり歌ったり舞った後、天皇の遺体を安置している殯宮《もがりのみや》にお参りしたというのです。これが日本へ新羅の音楽が伝えられた最初の記録と言われます。葬儀という儀式の音楽であったことに注意しておきましょう。もし歴史上の事実だったとすれば五世紀前半にあたる時代ですが、たぶん、もっと後の時代の様子を『日本書紀』の編纂をした

人たちがこのときのように書いているのでしょう。亡くなった人をとむらうために泣きさけんで音楽を演奏しうたって舞うのは、後に紹介する天武天皇の葬儀のときに行われたこととおおよそ同じです。『古事記』に書かれている天《あめ》の若日子《わかひこ》の葬儀の様子も似ています。

『日本書紀』の欽明《きんめい》天皇十五年（五五四）二月の記事には、

百済（中略）別奉勅貢、易博士施徳王道良、暦博士固徳王保孫、医博士奈率王有悽陀、採薬師施徳潘量豊・固徳丁有陀、楽人施徳三斤・季徳己麻次・季徳進奴・対徳進陀、皆依請代之

とあります。百済から、易博士、暦博士、医博士、採薬師二人とともに四人の楽人が派遣されて日本に来ました。「施徳」「季徳」「対徳」は身分で「三斤」などが名です。名のよみ方は省略します。こういうときは音よみする習慣でしたが、百済語の発音が韓国の研究で決められて行くでしょう。この記事は、允恭天皇の記事とちがって、たぶん歴史上の事実です。そのままでなくても事実にもとづいています。

引用した記事のはじめに「別奉勅貢」とあり、末尾に「皆依請代之」とあります。この人たちが日本へ来たのは天皇が別に命じられたことに従って皆そのとおり交代したというのですが、「別」の「勅」とは、『日本書紀』の前の年の欽明天皇十四年六月の記事にある「医博

士、易博士、暦博士等、宜依番上下。今上件色人正当相代年月。宜付還使相代。又卜書、暦本、種々薬物、可付送」をさしています。「番上下」は、天皇のところに当番で参上する者と終わって下がる者とを言います。「色人」は、そういう能力を持つ人、つまり博士たちのことです。ちょうど交代する年月になったので、百済から来て帰る使者と一緒に帰らせよと天皇が命じられたのでした。そのとき日本の朝廷が百済に派遣してくれるように頼んだ交代の人たちが半年後にその通りに来たのです。人材とともに送るように頼んだ占いと暦の本と薬もたぶん持ってきたのでしょう。

ということは、これ以前にも百済からこの学識や技能をもつ人たちが交代で派遣されて来ていたわけです。十四年の記事には「楽人」が書かれていませんが、十五年の記事に書かれていますから、楽人も以前から派遣されていたと考えて良いでしょう。この記事の前には儒教の五つの重要な本の内容を教える五経博士と仏教の僧たちも交代で来たと書かれています。このころ百済は「漢学《かんがく》」を教える人たちを日本に送り続けていたのでした。古代中国から周辺の国々が学んだ文化・制度と学問をひとまとめに漢学と呼びます。漢字で書かれた文化ということです。音楽も漢学のなかに含まれていました。次の節で説明するように、四人の楽人は三人の博士と二人の採薬師と協同して仕事をしました。音楽の知識や技能をもつ人たちが海を渡る都合で他の専門の人たちと一緒に来たのではありません。音楽は占いや暦や医学とひとまとまりのことがらだったのです。それは国の行ういろいろな儀式の内容です。次の節で、百済や日本の儀式の音楽の源になった中国の音楽に関する制度を見ましょう。

## 2　古代の音楽制度は国の儀式の制度のなかにあった

古代の中国では、音楽は国の行う儀式のなかの一つの要素として演奏されていました。楽器を演奏したり歌をうたったり舞うことが、国の政治の制度のなかに入っていたのです。七世紀後半から八世紀はじめに日本が中国にならって政治制度を整えたとき、手本になったのは、隋とその後の唐の時代の制度です。中国では王朝が変わると制度が大きく変わってしまうときもありますが、唐は隋の時代にまとめられた制度を受け継いだので、記録がよく残っている「唐令」によって隋の時代の制度もわかります。そのなかの音楽を担当した役所の仕組みを見てみましょう。

唐の国の役所のなかで音楽に関係のある仕事を担当していたのは「太常寺《たいじょうじ》」です。念のために述べますが、古代の中国で「寺」は仏教の寺院でなく役所やその建物をさします。古代中国の最も上級の役所は「尚書《じょうじょ》・中書《ちゅうしょ》・門下《もんか》」の三つの「省」でした。三省が行政の方針を決め、その下で実際の庶務をしたのが九つの「寺」でした。「太常寺・光禄勲寺・衛尉寺・太僕寺・大理寺・鴻臚寺・宗正寺・司農寺・大府寺」です。「太常」以外の役所の担当した仕事は説明を省略します。太常寺の仕事をしていた役人は、長官が「卿」、長官を補佐する「少卿二人、丞二人」、理論の担当者「博士四人、太祝六人」、その下に「奉礼郎二人、協律郎二人」でした。儀式の作法の責任者である「奉礼郎」と音楽の責任者である「協律郎」が二人ずつであるように、音楽は作法と並べて扱われる仕事だったわけです。

太常寺のなかに六つの「署」がありました。「郊社署、太楽署、鼓吹署、太醫署、太蔔署、廩犠署」です。郊社署は郊祀《こうし》、宗廟《そうびょう》、社稷《しゃしょく》を担当しました。都の外で天子が天地を祭る場所、王家の祖先の霊の宮殿、国を守る神を祭る場所を管理する仕事です。太楽署がその祭りや祈りの儀式の音楽を担当しました。それが「雅楽」です。酒宴の席で演奏する「燕楽《えんがく》＝宴楽」も担当しました。酒宴といっても個人の楽しみでなく政治的な社交の席です。たとえば外国から来た使節をもてなす宴会です。この太楽署にあたる日本の役所が雅楽寮です。鼓吹署は軍関係の儀仗の音楽を担当しました。太醫署は医術を、太蔔署は占いを、廩犠署は祭りや祈りのお供え物にする穀類や肉類の管理を担当しました。六つの署の仕事はみな儀式と関係があります。太醫署と太蔔署は儀式と関係なさそうに見えますが、そうではありません。古代には病気になるのは鬼が体に入るからだと考えていましたから、医術は祈祷をしましたし、占いは、何かを行うのに適当な日を決めるために必要です。

さて、ここで先に引用した『日本書紀』の欽明天皇十五年の記事をもう一度みると、このとき百済から派遣されてきた人たちの役割が、唐の制度では太常寺のなかの署がそれぞれに担当していた仕事にあたることがわかります。易博士は太蔔署、次に出てくる暦博士は直接あたるものがありませんが、儀式をするにはまず良い日を決めなくてはなりませんから、太蔔署を中心に太常寺の仕事全体に関係があります。医博士と採薬師二人は太醫署の仕事にあたります。楽人四人は太楽署と鼓吹署の仕事にあたります。百済の国には、唐の太常寺にあたる仕事をする役所があって、その知識や技能をもつ人たちが定期的に日本へ派遣されて指導していたと考えて良いでしょう。何を指導していたかと言えば中国風の儀式の仕方です。楽人たちは易博士、暦博士、医博士、採薬師と協同してそれを教えていたのでした。

ただし、九人のなかに中国の郊社署と廩犠署の仕事にあたる役割の人がいません。なぜでしょうか。百済が学んだ中国の政治制度は隋より前の斉、周、さらにその前の魏の時代のものです。中国の歴史上で音楽に関係のある役所の仕組みは時代によって変化していますから、隋より前の時代は郊社署と廩犠署にあたる仕事をする役所が中国になかったので百済にもなかったのかと言うと、そうではありません。中国では、皇帝の祖先をおまつりすることと天地の神をおまつりすることの二つが、国の最も重要な儀式でした。その場所とお供え物を管理する仕事は非常に重要ですから、郊社署と廩犠署にあたる役所は必ずありました。しかし、百済が日本へ伝えた儀式の仕方のなかに、その仕事はなかったのでしょう。中国と百済とでは、神についての考え方や信仰の仕方がちがうからです。中国の制度を百済で自国の事情にあわせた制度に変えていたので、担当する役所がなかったと考えることができます。

ただ、この本の筆者にとって残念なことに、五～七世紀の百済にどのような役所があったのかまだよくわかっていません。この時代の朝鮮半島の歴史は『三国史記《さんごくしき》』という本に書かれています。高麗《こうらい》の仁宗の二十三年（一一四五）にできた正式の歴史の本です。新羅から引き継がれた資料をもとにして編集されたので、高句麗と百済の事情は、不明と書かれていたり、中国の本から引用した資料で代用されていて、よくわかりません。巻第三十八「雑志」第七「職官上」に新羅の役所の一覧があって、「礼部」のなかに「音声署」「工匠署（神をまつるやしろの工事を担当）」「典祀署」「司範署」がありますので、中国の制度にならって儀式を行いそのなかで音楽を演奏していたのは確かです。たぶん、その制度は高句麗にならったのでしょう。『三国史記』には高句麗に「礼部」にあたる「壽春部」という役所があったと書かれています。百済については石碑や木簡などの発掘資料を手がかりにして今後の研究がすすむのを期待して待ちましょう。

次に、日本の雅楽寮が行っていた仕事がどのような役割だったのかを見ましょう。中国の制度にならっていますが、大きなちがいもあります。

中国では、政策を決める三つの省と庶務を担当する九つの寺があり、それぞれの寺の下に署があり、太楽署は太常寺に所属していました。日本では、神をまつる神祇官と行政を担当する太政官の二つが最上級の役所で、太政官の下に八つの省があり、それぞれの省のなかに職、寮、司と呼ばれる役所がありました。雅楽寮は治部省に所属していました。治部省の役所は、ほかに玄蕃寮、諸陵司、葬儀司がありました。玄蕃寮は仏教関係の管理と外国人の送迎接待を担当しました。「玄」は僧のことで「蕃」は外国から来た客のことです。諸陵司は天皇の墓である陵の管理、葬儀司は公式の葬儀を担当していました。

中国の太常寺のなかの六つの署と比べると、雅楽寮は太楽署にあたり、諸陵司は郊社署にあたり、葬儀司は廩犠署にあたります。これらは儀式関係の仕事を担当する役所として治部省のなかに置かれましたが、鼓吹署は軍楽を担当するので日本では兵部省のなかの鼓吹司になり、占いを担当する太蔔署は中務省のなかの陰陽寮になっています。太醫署にあたるのは中務省のなかの内薬司と宮内省のなかの典薬寮です。内薬司は天皇と中宮と東宮の診療、典薬寮は官人の診療を担当しました。そのように分けたのは、中国と日本とでは神に対する信仰の仕方が違いますし、皇帝と天皇についての考え方も違うからです。中国の皇帝は神に選ばれて国の政治を任された普通の人ですが、日本の天皇は神の子孫です。中国にない神祇官を最上級に置いたのは天皇が神だからです。実際の行政を行う太政官の下のそれぞれの役所の編成も日本の実情に合わせたわけです。

太楽署と雅楽寮、郊社署と諸陵司、稟犧署と葬儀司の仕事も同じではありませんでした。日本の雅楽寮は、その名と違って、中国で雅楽にあたる音楽を演奏しませんでした。太楽署の主な仕事は、天子の祖先をまつる宮殿で祖先の霊をたたえる音楽と、郊外へ出て天地の神をまつるときの音楽を演奏することでした。それは日本にはなかったのです。中国の郊社署は雅楽を演奏する場所と行事の管理を担当し、稟犧署は食物を調えて儀式に提供する仕事でした。それぞれにならって日本の諸陵司と葬儀司がつくられたわけですが、信仰や儀式の仕方全体が違いますから、担当した仕事の内容も、中国とちがって、天皇陵や葬儀の管理でした。雅楽寮は、玄蕃寮、諸陵司、葬儀司と協同して、仏教供養を含む公的な儀式、外国から来た客をもてなす宴席、天皇や貴人の葬儀などで、うたったり舞をしたり演奏するのが主な仕事でした。そして、演奏する職員には、後に紹介するように、日本語の歌の担当者がいて外国から輸入した音楽よりも先に書かれています。中国とのちがいはどのような事情でできたのでしょう。次の節にすすみましょう。

## 3　七世紀には百済の音楽制度の影響を強く受けた

日本の雅楽寮の役所としての仕組みは大宝元年（七〇一）にできた日本の律令「大宝令」で完成したと言われます。大宝令の条文は残っていませんが、そのおおよそを知ることができます。淳和《じゅんな》天皇の命令で天長十年（八三三）にできた『令義解《りようのぎげ》』という本に、大宝令の次に定められた「養老令」の条文の大部分が引用されて残っているからです。養老令は大宝令を修正して養老二年（七一八）にひとまずまとめられました。内容は大宝令から大きく変わっていないと言われます。

雅楽寮にあたる役所を日本でつくりはじめたのは、もっと前、七世紀の後半です。その制度や仕組みは、前の節で述べたように、六〜七世紀に主に百済から伝えられた知識と技能をもとにしたのでしょう。六八〇年代から後、天武天皇と持統天皇の時代には新羅との交流が盛んになりますが、それまでの漢学は百済から伝わったものが中心でした。天智天皇が六七一年に日本ではじめて大学をつくって上級役人の育成をはじめたとき、その教授に任命されたのは、現代の学長にあたる「学職頭」の鬼室集斯をはじめ、全員が六六〇年に滅亡した百済から亡命して来た貴族たちでした。百済人の教授に教えられた日本人たちが役人になって、七世紀末から八世紀はじめの日本の政治を動かし文化をつくったわけです。

『日本書紀』の持統天皇五年（六九一）の記事に、そのとき大学寮の「書博士」が百済の「末士善信」だったことが書かれています。「音博士」は中国から来た「続守言」と「薩弘恪」でしたから、中国語のスピーキングの授業は中国人の教員、ライティングの授業は百済人の教員が担当していたのです。『日本書紀』は漢文で書かれましたが、末士善信の教え子たちが役人になり『日本書紀』の文章を書くのに参加したわけです。

『日本書紀』を書くのに使われた漢字は中国の六世紀から後の時代のよみ方でしたが、そのなかでは比較的に古いよみ方を含んでいます。これも朝鮮半島に少し古い時代の音よみが残っていたのが日本に伝えられた事情を想像すると無理のない説明になります。たとえば「藪（やぶ）」という日本語を万葉仮名で「野父」と書いた例が皇極《こうぎょく》天皇の記事にあります。

「野」の音よみヤと「父」の音よみブで発音をあらわしているのですが、「父」のブは五世紀までの中国の発音をまねた音よみです。中国では六世紀から発音が変化して日本人がまねて読めばフになる音になっていたはずです。その変化の起きる前の音よみが百済や新羅に残っていたのかもしれません。ただし、このことについては、漢字の発音の仕方をチェックした続守言と薩弘恪の中国語が少し古い方言だった可能性も考えてみなくてはなりませんが、この二人がどんな人なのかわからないので確かめることができません。知識のある人だったのは確かです。続は、斉明天皇の七年に百済に捕らえられて送られてきました。何かの学識を持っていたからでしょう。薩は、日本へ来た事情がわかりませんが、大宝律令をつくったスタッフの一人ですから、法律の知識がありました。

さて、六世紀から百済の音楽が国の公式の儀式の仕方の一つとして日本へ伝えられていたわけですが、それはどのような音楽だったのでしょうか。もともと中国から学んだのですから全体に中国風だったのは間違いありませんが、中国の音楽そのままでなく、百済風に変えたところのあるものだったのではないかと推測できる手がかりがあります。

中国の役所は周辺の国々の事情や文化などをいつも集めていました。東アジア全体を支配するために実情を知っておこうとしていたのです。儀式の音楽も、中国に伝わる曲や新しくつくった曲のほかに、外国に良い曲や奏法があれば取り入れて太楽署の燕楽のレパートリーにしていました。たとえば胡楽《こがく》は西の方の外国から来た音楽です。百済楽も同じ事情で伝えられていました。前の節に太楽署が雅楽と燕楽を担当していたと述べました。酒宴の席で演奏する燕楽のレパートリーに外国の音楽を取り入れたのは、その国から来た使者をもてなす意味も持っていましたが、当時の世界の中心である中国の皇帝の威光がそこまで及んでいることを示すためでした。これを渡辺信一郎氏は「皇帝の文徳（政治的道徳的権威）…が天下とその四周にまでくまなく及んでいること」「周辺の諸民族・諸国からすれば、それは中国の天子の徳を慕って…皇帝への能動的な政治的従属を意味する」と言いまとめています（『中国古代の楽制と国家―日本雅楽の源流』文理閣、二〇一三年、三一八ページ）。

四〜七世紀の朝鮮半島は高句麗、新羅、百済の三国時代でした。高句麗は国境を接している中国の魏の文化の影響を強く受けました。魏は中国の北の方にあった国で、三八六年にできました。大昔の魏の国と区別して北魏と呼ばれるときもあります。魏の国は、中国の代々の王朝にならって儀式の制度を整えようとしたとき、皇帝の祖先と天地の神を祭る儀式の雅楽と宮廷の宴席で演奏する燕楽を新しくつくる必要がありました。伝統的な中国の宮廷音楽は南の地方だけに残っていたからです。『魏書《ぎしょ》』という魏の国の公式の歴史を書いた本のなかの「楽志」の記事によると、天興元年（三九八）に道武帝が「宗廟、郊祀、社稷」の祭りの制度を整備しました。唐の時代の郊社署と太楽署の仕事にあたります。そのための音楽も整備しようとしましたが、楽器もそろっていなくて演奏する曲も欠けているのが実情でした。そこで、角笛を使う北方民族の音楽「簸邏迴歌《はらかい》」もあわせて演奏しました。また、皇帝の妃や宮女の住む御殿である後宮で演奏する音楽として「真人代歌」百五十章をつくりました。魏の王朝の由来（祖宗開基所由）を説明し、皇帝や臣下の活躍した様子（君臣廃興之跡）をうたった内容です。朝夕にうたい、管弦の伴奏を付けることもあり、皇帝の祖先や郊外で天地の神を祭るときの宴席でもうたいました（郊廟宴響亦用之）。新しくつくった曲を燕楽だけでなく雅楽として演奏したのです。

この「真人代歌」が中国語でなく鮮卑《せんぴ》語でうたわれたことに注目しましょう。魏の王朝は漢族でなくモンゴル系の鮮卑族でした。雅楽や燕楽としてうたう歌がなかったので新しくつくろうとしたとき、漢語でなく自国語＝鮮卑語でうたう道を選んだのです。五世紀になると南の地方に残っていた中国伝統の雅楽も取り入れましたが、渡辺信一郎氏は「北魏雅楽の主流は、鮮卑語で歌われる「真人代歌」「簸邏迴歌」であったとみてよい」と述べています（前掲書一八四ページ）。魏の国が滅びた後も、この「真人代歌」は中国の王朝の宮廷の音楽に残りました。日本の律令制度の手本になった隋にも受け継がれ、唐の時代にも五十三章が伝えられていました。歌詞が「虜音（鮮卑語）」で「華音（中国語）」とちがうので意味がわからなかったと、唐の国の公式の歴史を書いた『旧唐書《くとうじょ》』という本の「北狄楽」の記事に書かれています。

それを高句麗がまねたとしても不思議はありません。渡辺信一郎氏は「北魏と隣接し、政治的文化的関係が深かった高句麗は、北魏西涼楽を導入して在来の音楽と融合させ、高麗楽を編成したのではないだろうか」と述べています（前掲書三八一ページ）。そのとき、北魏が鮮卑語の歌を雅楽にしたように、儀式でうたうための高句麗語の歌がつくられたのではないでしょうか。そのように筆者が考える根拠は『旧唐書』の巻二十九「志第九　音楽二」の記事に書かれている高麗楽の編成です。楽人たちの衣装と「箏」などの弦楽器「笙」などの管楽器「腰鼓」などの打楽器の後に「唄一」とあります。原文は「貝一」なので吹奏楽器だと解釈されるときがあるようですが、楽人の編成を説明する文章は衣装、弦、管、打楽器の順に並べる決まりがあってその後は普通「歌」ですから、これは「唄」です。中国の唐の時代の記録ですし、この「唄」がもともとこの字で書かれていたかどうかも確かめることができませんが、高麗楽の編成に歌唱を専門にする担当者が一人いたと解釈するのがすなおでしょう。そうだとして、この「唄」は、何語でうたったのでしょうか。中国の雅楽にも「歌」の担当者がいましたから、中国語でうたった可能性もあります。しかし、魏で鮮卑語でうたった事情から考えると、高句麗語でうたったであろうと筆者は思います。

とすると、新羅と百済も、高句麗をまねて儀式で演奏する自国語の歌をつくっていたと考えることができます。いま東アジア古代史の研究では、魏から取り入れた漢学を、高句麗は自己流に消化した後、新羅に伝え、百済は高句麗から影響を受けながら黄海に面していて海上交通ができるので中国の南方の漢学も取り入れ、新羅と百済はそれぞれ自己流に消化した後、日本へ伝えたという考え方をしています。鮮卑語も朝鮮半島の諸言語も、そして日本語も、おおまかに言えば文の組み立て方が似ていますので、まねて自国語の歌をつくるのは中国語の歌を手本にするより難しくなかったはずです。

新羅楽の編成は『三国史記』の巻三十二「雑志第一　楽」の記事に出てきます。書かれているのは楽人たちの衣装と楽器だけですが、その後の記事に六世紀の古い曲の説明があり、「古記云」として政明王の九年（六八九）にそれらを演奏したときの様子が書かれています。その編成に「監」「笳（＝葦笛）尺」「舞尺」「琴尺」と並んで「歌尺」が出てきます。「尺」は新羅語でその技能を持つ人をさします（金富軾【金思燁訳】『完訳三国史記下』六興出版、一九八一年、五七六ページ)。この「歌」も新羅語でうたったと考えて良いでしょう。百済楽については『旧唐書』の高麗楽の後の記事に出てきます。一度は唐に伝えられたが、皇帝が中宗のときに失われ、玄宗の開元年間(七一三〜七四一)に復元されたけれども元どおりにならないところが多いと書かれているので、用心して読まなくてはいけませんが、その編成は「箏、笛、桃皮篳篥、箜篌、歌」です。この「歌」も百済語でうたったのでしょう。

いま発掘がすすんでいる韓国の木簡のなかに、右に考えたことの実際の例になるものが出てくる可能性があります。二〇〇一年に韓国の百済の遺跡扶餘陵山里寺跡《ふよりょうさんりじ》で発掘された11号木簡は「宿世結業　同生一處　是非相聞　上拝白来」と書かれています(最後の字は別の字に読む説もあります)。百済風の漢詩ではないかとも言われますが、金永旭氏が四字四句の形式で百済語の歌を書きあらわしたものだという説を出しました(「百済吏読について」『口訣研究』11、口訣学会、ソウル、二〇〇三年)。優れた提案でしたが、内容を男女の愛をうたった素朴な民謡と解釈したので、それには賛成を得られませんでした。使われている語句が明らかに仏教関係だからです(李丞宰「二九五番と三〇五番木簡に対する管見」『百済木簡』国立扶余博物館、二〇〇八年)。しかし、歌詞である可能性は消えていません。研究がすすむのを注目して待ちましょう。仏教の行事を含む儀式の席で百済語でうたったこととの結び付きがわかるかもしれません。

新羅語の歌詞を書いた可能性のある木簡も出土しています。国立慶州博物館美術館跡1号木簡は八世紀前半のものと推定されています。李丞宰氏は「万本来身中有史音叱之」などと書かれた文章が韓国の古代歌謡「郷歌《ヒャンガ》」の形式になっているという説を出しています。たとえば「身中有史」は「身に有るべし」という意味で「中」はgiiという助詞、その後の「音叱之」はimsdaという活用語尾を書きあらわしているというのです（「新羅木簡と百済木簡の表記法」『震檀学報』一一七、震檀学会、ソウル、二〇一三年）。韓国の研究がさらにすすむことと、五、六世紀の古い歌の例が出てくるのを期待して待ちましょう。

さて、欽明天皇の時代に日本へ派遣されていた百済の楽人たちの指導した内容に歌唱が含まれていたかどうか『日本書紀』には書かれていませんが、六世紀に百済の国の儀式で演奏されていた音楽は器楽だけでなく百済語の歌を含んでいて、楽人たちがそれを伝え、日本の儀式でうたうために日本語の歌の形式を整えるのに協力したとすると、話しが一つの筋でつながります。日本語の「うた」がもとからあったでしょうが、それを素材に取り上げたとしても、儀式のなかでうたうためには形式を整えないといけません。整えるとき、百済から伝えられた百済語でうたうための理論と技能の影響が大きかったでしょう。そうしてできた日本語の歌が和歌の起源になったのでした。

なお、いま韓国の学者たちは、木簡に固有名詞を書くとき、百済と倭は漢字の音よみを利用した表音式で、新羅では、漢字の新羅語よみを主にして、よみ方の補助を表音式に添えたと考えています。百済の方式と、日本で木簡に歌句を書くとき、万葉仮名による一字一音式であることとの関係を考えても良いでしょう。また、新羅の方式は『万葉集』の多くの和歌たちの表記と似ています。今後の研究がすすむのを注目しましょう。

## 4　日本の雅楽寮が演奏した儀式と音楽

七、八世紀の日本の儀式で演奏した音楽はどのようなものだったでしょうか。左は養老令で定められた雅楽寮の職員と人数です。八世紀はじめに日本で儀式の音楽を演奏していた役所のそれぞれの担当者ということになります。

頭一人、助一人、大允一人、少允一人、大属一人、少属一人、歌師四人、歌人四十人、歌女百人、儛師四人、儛生百人、笛師二人、笛生六人、笛工八人、唐楽師十二人、楽生六十人、高麗楽師四人、楽生二十人、百済楽師四人、楽生二十人、新羅楽師四人、楽生

二十人、伎楽師一人、腰鼓師二人、使部二十人、直丁二人、楽戸

最初の「頭《かみ》」から「属《さかん》」までは管理職の役人です。演奏を担当する職員のはじめの、「歌師」「歌人」「歌女」がうたった「歌」が何語なのか書いてありませんが、後に述べるように外国から来た舞楽の担当者のなかにその外国語でうたう専門の人がいましたから、これは日本語です。「師」は指導者で「生」は指導を受けながら実際に演奏した人です。この歌師が何を指導したかは、後に第七章の2節で詳しく述べます。その後の「舞師」「舞生」「笛師」「笛工」も日本の舞と笛の担当者と解釈されています。「唐楽」は中国から来た舞楽。「高麗楽」「百済楽」「新羅楽」は朝鮮半島から来た舞楽です。区別して書かれていませんが、それぞれに舞と器楽とその国の言語の歌の担当者がいました。

中国の儀式で漢詩を歌詞にしてうたいましたが、日本の雅楽寮でも漢詩にメロディーを付けてうたいました。平安時代の中ごろにできた『類聚三代格《るいじゅさんだいきゃく》』という本があります。律令の決まりを補ったり修正したりした朝廷の文書を集めた本ですが、そのなかの嘉祥元年（八四八）の太政官符《だいじょうかんぷ》に、雅楽寮の職員の人数が減らされ、「唐楽生」のうち「歌生」がもと四人だったのを二人にしたと書かれています。太政官符は現代の首相にあたる大臣の命令の記録です。これで唐の舞楽の担当者のなかに歌唱専門の人がいたことがわかります。日本語に

訳すのでなく中国語でうたったと考えるのが良いでしょう。現代なら国の行事で宮内庁楽部の職員が外国語の歌詞でうたうようなことになりますが、このころは特別ではありません。後に貴族たちが足を踏み鳴らしてうたい踊る「踏歌《とうか》」について述べますが、その歌詞も漢詩でした。

高麗楽、百済楽、新羅楽の担当者は、その国から移住してきた家系の人を採用しました。『続日本紀』の天平三年（七三一）七月の記事に「其大唐楽生不言夏蕃、取堪教習者。百済高麗新羅等楽生、並取当蕃堪学者」と書かれています。唐楽は日本在来の家系でも渡来系でも良いが、朝鮮半島の音楽はその国から渡来した家系の人を採用するというのです。そういう条件を付けて採用した理由の一つは朝鮮半島の歌詞をうたったからだと考えると自然な説明になります。百済と高句麗が滅びてからまだ七十年くらいです。日本に住む一族のなかに、その国の文化、言葉がわかる人がいたはずです。特徴的な演奏の仕方を伝えている人もいたかもしれません。右の太政官符には「百済楽生」のうち「歌生」一人は減らさないと書かれています。やはり歌唱専門の人がいたわけですが、百済語でうたっていたのでしょう。

「伎楽」は古くに日本へ伝えられた外国の舞踏劇です。「腰鼓」は伎楽で使われた打楽器です。『日本書紀』の推古天皇の二十年（六一二）の記事に、百済から来た味摩之《みまし》という人が伎楽を伝えたと書かれています。また、『新撰姓氏録《しんせんしょうじろく》』という九世紀はじめの本にできた本には、欽明天皇の時代に中国の呉の国の人が伎楽の道具を持って来たと書かれています。伎楽を「くれのうたまひ」と訓よみするのは「呉《くれ》」から輸入したことをあらわしています。いずれにしても、使う仮面の人相や登場する役の名がインド風であることからみて、もとはチベットやインドの舞楽です。それが中国の南の地方に伝わり、隋の時代には「雅楽」「燕楽」「鼓吹」とともに「散楽《さるがく》」として宮廷でも演じられていました。娯楽性が強かったようです。日本では、雅楽寮の常勤職員だったのは三人の「師」だけで、上演するときは大和国城下《しきのしも》郡杜屋《もりや》村にあった「楽戸郷」から出演者を選抜することになっていました。ここまでが楽人で、その次の「使部」と「直丁」は事務や庶務の担当者です。

最後の「楽戸」は、雅楽寮に所属していますが、常勤の職員でなく必要なときに呼ばれて演奏していた人たちです。歌と笛の技能を持つ男女で、出身地が都に近いか遠いかを問わず歌のうまい人が採用されました。ふだんはどこかで暮らしていて、都へ来て音楽の仕事をするときがあり、男は一般の国民に税として課せられていた国の労役を免除され、女は手当を付けられていました。つまり雅楽寮の職員と一般の人との中間の人たちでした。たぶんこの制度は古代の中国にならったものです。中国にも楽戸の制度がありましたが、それとは別に太常寺に「太常音声人」という制度がありました。ふだんは一般の国民として暮らしていて、年に数回上京して太常寺に行き、音楽の技能で仕事をした人たちです。日本の雅楽寮の楽戸はこれにならったのでしょう。

雅楽寮の仕事として演奏された音楽は、日本の歌舞とその伴奏、唐や朝鮮半島から来た舞楽とその言語の歌、そして伎楽でした。七、八世紀に、それらはどのような儀式で上演されていたのでしょうか。『延喜式《えんぎしき》』の雅楽寮の記事に、その手がかりになる平安時代の様子が書かれています。『延喜式』は、延長五年（九二七）に完成した本で、養老律令で定められていることを実際に実行するときの細かな規則を説明しています。

その文章の「雑」の意味に問題がありますので、内容を読む前に考えておきましょう。この節の最初にあげた雅楽寮の職員は、原文にそれぞれの役割を説明する語句が付いています。「頭《かみ》」の役割の一つは「雅曲正儛雑楽」を「掌《つかさどる》」です。平安時代のはじめには「雅曲」「正儛」が外来の楽舞をさし、「雑楽」は日本の伝統的な歌舞をさすことになっていました（『日本思想体系3律令』岩波書店、一九七六年、五二二ページ補注）。「儛師」「笛師」と「儛生」「笛生」の役割も「雑儛」「雑笛」を「教」「習」です。これと同じなら、『延喜式』の文章の「雑」も「日本の」という意味になりそうです。しかし、そうではありません。後に述べるように、「雑楽人」が行くと決められている三つの儀式のうち、七月の相撲節会の記事に唐楽と高麗楽の配置の説明がありますし、外国からの客をもてなす宴席（蕃客宴饗）では外来の音楽を上演したはずです。そこで、『延喜式』のこの文章に最初に出てくる「雑楽」を「伝統的な楽や外来の楽などのさまざまな楽を意味する汎称」とする説（虎尾俊哉編『延喜式中』集英社、二〇〇七年、一二八二ページ補注）によって、「雑」は「種々の」の意味であると解釈します。そして「歌人」「歌女」は日本語の歌、「雑」の付いていない「楽人」は外来の音楽の担当者とすれば、矛盾がなくなります。

この考え方で整理すると、雅楽寮から職員が行くことになっていた儀式のちがいと、そのとき上演する音楽の区別は、十世紀のはじめには、以下のとおりだったことになります。

季節の変わり目を祝う朝廷のいろいろな節会には「雑楽歌人歌女」が行きました。日本の舞楽も外来の舞楽も日本語の歌も上演したのです。ただし、この後に第五章のおわりで述べますが、節会で上演したのは主に日本の舞楽と歌だったはずです。

天皇の行幸と七月の相撲節会と蕃客宴饗には「雑楽人」が行きました。「歌人」「歌女」が書かれていませんから、日本の舞楽と外来の舞楽を上演し、日本語の歌はうたわなかったのでしょう。行幸のときは、この後に第七章の1節で紹介するように、雅楽寮の「歌人」とは別の人たちがうたったようです。

宮内省にまつられていた守り神の祭り（薗、韓神、平野等祭）と、天皇とその妃と皇太子の魂をなぐさめる祭り（御及中宮東宮鎮魂祭）には「歌人歌女」が行きました。春日神社と大原野の祭りと、春と秋の釈奠《せきてん》には「歌人」が行きました。これらの儀式では日本語の歌だけをうたったのです。

「雑」の付かない「楽人」は、正月に朝廷の主催する最勝王経会、東大寺の三月の華厳経と九月の大般若経の法会、三月の西大寺の成道会、四月の大安寺の大般若経会、正月二日の皇后と皇太子に臣下があいさつした後の二宮大饗《にぐうのだいきよう》と大臣家に親王と貴族を招く大臣《だいじんの》大饗、五月の端午の節会、太政官が役人に位をさずけ勤務振りを公表する儀式（例見定考日）に行きました。これらの儀式では外来の舞楽だけを上演したのです。

「伎楽」は、四月八日と七月十五日の東西二寺の僧たちに食事を出す斎会に行って上演しました。大安寺、西大寺、法華寺、秋篠寺などにも行きました。

こうしてみると、八世紀の雅楽寮の仕事のなかで、日本語の歌だけをうたった儀式は、釈奠のほかは、日本の神の祭りと皇室の鎮魂行事です。外国から来た舞楽だけを上演した儀式は、五月の端午の節会のほかは、仏教の法会です。正月の二つの大饗《おおあえ》と例見定考《れけんこうじよう》は平安時代になってからです。

念のために例外について見ておきましょう。釈奠は孔子をまつる儒教の儀式です。日本で最初に行われた記録は『続日本紀』の大宝元年（七〇一）の記事にあります。七〇二年の遣唐使が行く前に記録があることに注意しておいてください。後でこれについて重要なことを述べます。中国の釈奠では儒教の聖人たちをまつりましたが、日本では単純化して孔子だけをまつりました。七世紀までに伝わっていたので伝統行事のように意識されていたのかもしれません。五月五日の節会は、推古天皇の十九年（六一一）の薬猟《くすりがり》の記事が『日本書紀』にありますが、『続日本紀』では天平十九年（七四七）に天皇が騎射走馬を御覧になり太上天皇が菖蒲の縵を飾る習慣を復活するように命令されたという記事が最初です。平城京に移った後に制度を整え直したのかもしれません。

さて、『延喜式』に書かれている区別は、七二〇年代から後にできてきたと筆者は考えています。七世紀までは、朝廷が整えようとしていた儀式はみな新しい制度だったからです。はじめ、日本語の歌は外来の音楽と区別なく演奏されていたでしょう。魏の国の儀式で鮮卑語の「真人代歌」を雅楽としてうたったようにです。その代表曲が「難波津の歌」でした。伎楽も、後に紹介するように、七世紀の末に外国からの客をもてなす宴席で上演した記録があります。養老令で定められた雅楽寮の仕組みは七世紀の音楽制度に合わせてつくられています。日本語の歌舞の担当者が先に書かれていて人数も多いのですから、八世紀のはじめには、雅楽寮の仕事のなかで重く扱われていたのです。この後、この考えを根拠をあげながら述べて行きます。

ところで、なぜ八世紀はじめには、「雅楽」でない日本の歌舞が、中国や朝鮮半島から来た舞楽と同じように、むしろ重く、扱われていたのかと不思議に思う人があるかもしれません。そのように思うのは無理もありません。和歌は日本古来の伝統文化で、雅楽はもともと中国や朝鮮半島から来た外来の文化であるという観念を、現代の私たちは強く持っているからです。実はその考え方は八世紀になってから朝廷が政策的につくったものだと筆者は考えています。

七世紀末までの日本の政治の仕組みは、百済と新羅を通して学んだ漢学によっていました。しかし、次の章のはじめに詳しく述べますが、八世紀になって唐と国交を回復すると、新しい漢学を取り入れる努力をし、いろいろな方面で改変が行われます（拙稿「天平期の学制改変と漢字文化を支えた人材」『萬葉語文研究』第6集、和泉書院、二〇一一年）。その改変の結果、日本語の歌は外来の雅楽に対する伝統的な音楽として取り扱われるようになりました。実は中国の儀式の音楽をもとにしてできたのですが、五七五七…の形式に整えてうたう歌が日本に昔からあったことにしたのです。そして、唐の最新の文化にならった公的な儀式ではうたわなくなります。前に出てきた嘉祥元年（八四八）の太政官符の記事は雅楽寮の職員の数を減らした記録ですが、このとき日本の歌舞と笛の担当者は、歌女を別にして数えると、養老令の百六十九人から四十五人になっています。歌女は、はっきりとわからないのですが、百人から二十人か三十人になっていました。唐と朝鮮半島の舞楽の担当者は、百四十四人から八十七人になり、度羅（起源は不明）の楽と林邑（ベトナム）の楽の担当者が加えられて二人ずついます。雅楽寮の仕事のなかで日本の歌舞の重みが小さくなったことがわかります。その一方、後に第五章のおわりで述べるように、大歌所ができて、節会で上演を担当するようになっています。

この章の最後に、雅楽寮が担当した日本の歌舞の演奏について、問題が一つあることを述べておきます。

雅楽寮の職員には笛の担当者が出てきますが、琴の担当者が出てきません。これは、日本語の歌は笛だけの伴奏でうたったということではありません。『延喜式』には楽器の弦に使う糸の請求を説明した記事の最初に「和琴」が書かれています。儀式の音楽の伴奏は

「糸竹《しちく》」つまり弦楽器と笛で行うのが普通です。日本でもそうだったとわかる資料がいくつもあります。たとえば『万葉集』の巻十六の三八八六番目の和歌は歌詞が難波で水揚げされた蟹の台詞ですが、そのなかに「歌人と我を召すらめや笛吹きと我を召すらめや琴弾きと我を召すらめや」とあります。蟹が天皇に献上されて賞味されることを地方から都へ呼び出されて楽人として働くのにたとえたわけですが、歌と笛と琴がひとまとめになっています。

雅楽寮の職員に琴の担当者が書かれていないのはなぜでしょうか。第三章の2節でも述べたように、律令の僧尼令と学令では、僧や学生が音楽を楽しむことを禁止していますが、琴は許可しています。一般の人たちが儀式で琴をひけたのです。外国から来た音楽の楽器である「琴《きん》」に対して、日本語の歌を伴奏する楽器である「和琴《やまとごと》」をひくことは、楽人の専門技能ではないと意識されていたのかもしれません。『延喜式』には、「和笛」ができない人は「諸楽横笛師」に任用しないと書かれています。「和琴」がひけなければ「琴」の担当者になれないのは言うまでもなかったのでしょうか。話しの筋は和琴の伴奏で日本語の歌をうたう問題の近くまで戻ってきましたが、もう少し回り道が必要です。

# 第五章　唐風化政策によって文化意識が変わる

## 1　八世紀はじめの国際情勢と聖武天皇の政策

七世紀後半に朝鮮半島で歴史の大きな変化があり、日本もそれにまきこまれました。それまで高句麗、新羅、百済の三国が互いに対立していましたが、唐と同盟した新羅が半島全体を統一したのです。朝廷は百済を支援しましたが、六六三年に朝鮮半島の白村江《はくそんこう》で唐と新羅の連合軍と戦い破れました。その後は国内の力を高めて外国に対抗しようとしました。音楽制度の整備もその動きのなかの一つでした。

前の章で述べたように、中国の文化は六世紀から主に百済を通して伝えられていました。百済の国が滅びた後、その上級貴族たちが集団で亡命してきて滋賀の都の近くに住みました。天智天皇はその人たちを先生にして大学をつくり日本政府の上級役人を育てました。その後に壬申の乱が起きて都が飛鳥に戻り、天武天皇と次の持統天皇が政治の仕組みをもっと整えようと努力しました。そのための知識は、唐との対立は続いていましたから、亡命してきた百済の人たちに加えて、新羅との国交から得るようになりました。新羅が朝鮮半島を統一した後、唐がその上に立って支配しようとしたので、新羅は日本と同盟したのです。

この事情で、七世紀までは、漢学は朝鮮半島を一度通ってから日本に来ました。中国の制度や文化がそのままで伝えられたのでなく、朝鮮半島の事情に合わせて変わったところが含まれていたわけです。八世紀のはじめまで、日本人が漢学だと思っていたものは、実は百済や新羅が中国から学んだ文化だったのです。

その知識をもとにして大和朝廷は国の体制をつくろうとしました。一人前の国なら大きな都城と法律と行政の仕組みをもたなくてはいけません。そのために、持統天皇の八年（六九四）に藤原京がつくられ、文武天皇の五年（七〇一）に大宝律令ができました。それまでに全国に役所がつくられて行政の仕組みが整備されて行きました。その役所で事務の記録に使われた木簡がいま大量に発掘されるわけです。

しかし藤原京ができてわずか十六年、和銅三年（七一〇）に奈良の平城京に都が移りました。そのときの事情がこの章で述べようとすることの中心です。八世紀になって大和朝廷は久しぶりに遣唐使を送りました。都城が完成し法律をつくったので、これで国が一人前になったと思い、国際社会で認めてもらおうとしたのです。大宝元年（七〇一）に任命されて翌年に出発し慶雲元年（七〇四）に帰国した遣唐使は、正使が粟田真人《あわたのまひと》でした。大宝律令をつくるのに参加した人です。朝廷は日本の律令制度が整ったと説明するのにふさわしい人材を選んだのでしょう。『続日本紀』には、このときの中国での様子について、唐の皇帝だった高宗が亡くなって皇后の則天武后が皇帝になり国の名が周に変わっていたことと、応対した中国の役人が「日本は君子の国だと聞いているが粟田真人の人柄をみるとなるほどと思う」と言ったことが書かれています。真人の人柄は中国側の『旧唐書《くとうじょ》』に「真人好読経史、解属文、容止温雅（真人は中国の古典をよく勉強し文章がわかり温雅な人だ）」と書かれていますから本当でしょう。『続日本紀』の記事にはほかに何も書かれていません。

実は真人たちは大変なショックを受けたはずです。中国に行ってみると、国名が変わったのを知らなかったのは仕方がないとしても、それまでに学んでいた漢学が古い知識だったと痛感したでしょう。たとえば、藤原京から短い間で平城京へ都が移った理由はいろいろな説があります（市大樹『飛鳥藤原木簡の研究』塙書房、二〇一〇年など参照）が、なかでも、中国で定められている都城の規格に合わないとわかったことが重要だったと筆者は思います。唐の都城は宮が京の北の端にあり、天子は「南面」して世を治めることになっていました。平城京も平安京も同じです。しかし、藤原京は正方形の都城の真ん中に宮がありました。これは中国の『周礼《しゅらい》』という本に書かれている都の形に従ってつくられたと言われます（小沢毅『日本古代宮都構造の研究』青木書店、二〇〇三年）。『周礼』は古代中国の理想的な国の仕組みを説明した本です。儒教の「十三経」と呼ばれる重要な古典の一つです。七世紀までの日本の漢学の知識では、そこに書かれているとおりにつくるのが正しい都城の形だということになっていたのでしょう。

そこで、大和朝廷は対策をとります。霊亀二年（七一六）、天平四年（七三二）と続けて遣唐使を送り、正式の中国文化を取り入れようと努めました。霊亀二年度に任命されて翌年の養老元年に出発した遣唐使には有名な吉備真備《きびのまきび》や玄昉《げんぼう》が参加しています。同行して唐の役人になってしまった阿倍仲麻呂《あべのなかまろ》も、帰国できたなら日本の国を支える人材の一人になったでしょう。大宝二年度の遣唐使の団員も、慶雲元年と慶雲四年に使節団が帰国した後、なお中国に残った人があり、何度かに分かれて帰国しました。情報を集めて伝えたのでしょう。

以後、中国から直接に新しい情報が来るたびに、それまでに朝鮮半島を通して学んだ漢学が唐の最新の水準に変えられて行きました。音楽に直接に関係する出来事の一つにあげられるのは、天平七年（七三五）に帰国した吉備真備が、音階の基準になる金属の道具と当時の最新の音楽理論を書いた『楽書要録《がくしょようろく》』という本を献上したことです。このとき真備は、唐の儀式の仕方をまとめた『唐礼』と最新の暦と武器も献上しました。ここにも音楽が儀式の仕事のなかの一つであったことがあらわれています。翌年には、第二章の2節で紹介した皇甫東朝が来日しました。

唐風化政策を強く押しすすめたのは聖武天皇です。聖武天皇は大宝元年（七〇一）の生まれです。中国の実情に気付いた大和朝廷が、漢学の知識の遅れを取り戻そうと必死になっていた時代に育ちました。そして、聖武天皇は天武天皇のひ孫です。天武天皇は中国の知識と技術を取り入れて強い日本の国を確立しようとしていました。明治時代の「和魂洋才」にたとえるなら「和魂漢才」をめざしていた天皇でした。天武天皇と持統天皇の子、草壁皇子が即位せずに病気で亡くなり、孫の文武天皇が十五才で即位しましたが在位わずか十年で亡くなったので、その母の元明天皇と姉の元正天皇が即位して、天武天皇がはじめた政策を受け継いで実行しました。その間に、持統天皇の代に藤原京ができ、文武天皇の代に大宝律令が定められ、元正天皇の代に養老律令が定められたわけです。二代の女性天皇の後に期待を負って神亀元年（七二四）に即位したのが聖武天皇でした。位についた聖武天皇は、国際情勢からの遅れを取り戻し、天武天皇がはじめた事業を自らの手で完成しようと意識されていたのではなかったでしょうか。

聖武天皇は日本の国を唐の制度にならって近代化しようとしていろいろな政策を打ち出しました。たとえば、先にも述べたように、光明皇后は藤原氏の人です。それまでは天皇の妃であっても皇族でなければ皇后になれませんでした。光明子が皇后になったのはいろいろな事情がありますが、日本を、天皇家とそれに仕える豪族たちが治める国から、天皇を中心にしながら律令という法律によって治める国に変えようという考え方があらわれているのは間違いありません。天皇の命令に権威があるのは神の血筋でなく国の仕組みによって決めたからだという考え方です。

そのような聖武天皇の政策によって現代に天平文化と呼ばれるものが残されました。その様子を見て行きましょう。ずいぶんな回り道に見えるでしょうが、日本語の歌の扱い方もこういう事情のなかで大きく変わったことを説明するためです。

## 2　日本の漢学全体が唐風に上書きされた

中国との直接の交流によって変わった様子はいろいろなところにあらわれています。たとえば、仏教の僧のあり方が変わりました。

僧は、七世紀までの日本では仏教だけでなくいろいろな方面の知識や技能をもつ一種の学者でした。朝廷の命令で僧が普通の人に「還俗《げんぞく》」して別の仕事で活躍した例があります。還

俗とは僧が一般の身分（俗人）に戻ることです。『続日本紀』の文武天皇四年（七〇〇）八月の記事に、

勅僧通徳、恵俊並還俗。代度各一人。賜通徳姓陽候史、名久尓曽、授勤広肆。恵俊姓吉、名宜、授務広肆。為用其藝也

と書かれています。天皇の命令で二人の僧を還俗させて、広肆の位を与えて役人になれるようにしたのです。僧通徳だった陽候史《やこのふひと》久尓曽《くにそ》はこのほかに出てこない人ですが、恵俊だった吉宜《きちのよろし》は神亀元年（七二四）に吉田連になります。医師として活躍し、後に紹介するように養老五年に功績を認められて国から表彰されます。『万葉集』に和歌が載っている文化人でもありました。『日本書紀』と『続日本紀』の記事には、これと同じように僧が還俗した例が、持統天皇の六年から後に全部で七件あります。最後の例は、和銅七年（七一四）三月に、沙門義法を大津連意毘登《おびと》にして従五位下の位を与え占術を行わせたものです。「沙門《しゃもん》」とは仏教の道に入った人、僧の資格を持つ人などをさします。僧だった義法を占いを担当する上級役人にしたということです。これについて、関晃氏は、持統天皇から元明天皇の時代、遣唐使が派遣されなかった時期に、朝鮮とくに新羅を通じて大陸文化を摂取し、律令制の学芸部門の陣容を整えるために、この政策が行われたと述べています（「遣新羅使の文化史的意義」

『山梨大学学芸学部研究報告』六、一九五五年)。

唐の国では「国家仏教」という考え方をしていました。政府が国を治めるとき、儒教と仏教を二つの柱にして、仕事をするときのものの考え方は儒教、人がこの世に生きる精神的な支えは仏教によったのです。それにあわせて、僧や尼僧の身分は、国が資格を認める一種の国家公務員でした。大和朝廷もそれをまねていました。日本の律令のなかに僧尼令があるのもその考え方のあらわれです。第三章の2節などで琴に関連して述べたように、僧や尼僧がするべきこと、してはいけないことが決められています。現代で言う国家公務員にふさわしい行動をすることが求められたのです。

その決まりでは、還俗は僧のもつ特権をとり上げる罰になります。しかし、八世紀のはじめまでは、前の段落に説明したように、罰でなく人材活用を目的にした還俗を朝廷がすすめていましたから、法律の決まりと実際とが違っていたのです。それを聖武天皇の時代には法律の決まりのとおりにするようになります。『続日本紀』の記事によると、天平六年(七三四)十一月に、太政官が、仏教が広まるかどうかは僧と尼僧が優秀であるかどうかにかかっているからよく勉強しなくてはいけないし、いいかげんな人を僧や尼僧にしてはいけない、それに背いた僧や尼僧は還俗させるという命令を出しています。実際に、淳仁《じゅんにん》天皇の天平宝字三年（七五九）五月に善神と専住という二人の僧が良くない行いをして佐渡島へ流刑にされ、それでも直らないので還俗させられたとあります。この場合は重い罰です。島へ流されたことがすでに罰ですが、還俗すると、僧の特権が取り消され、税として国のために肉体労働などをする義務がでてきます。

次に、現代の大学の学長にあたる大学頭《だいがくのかみ》の任命の仕方を例にして、漢学が唐の最新のものに上書きされた様子を見ましょう。

第四章の3節に、天智天皇が日本の最初の大学をつくったとき、教授は全員が百済人だったことを紹介しました。その後も、大学頭は、代々、朝鮮半島とくに百済から渡来した家系や新羅へ留学した人が任命されていたようです。『続日本紀』には七二〇年代に大学頭が誰だったか書かれていないのですが、手がかりがあります。神護景雲二年（七六八）六月に高丘宿禰比良麻呂《ひらまろ》が亡くなったとき、どんな人だったかを紹介した記事です。それによると、比良麻呂の祖先は天智天皇の時代に百済から渡来した沙門詠《えい》で、比良麻呂の父の楽浪河内《ささなみのかふち》は大学頭を務め、たぶんその功績によってでしょうか、神亀元年（七二四）に日本風の高丘連《たかおかむらじ》の名をもらいました。また、天平勝宝三年（七五一）に完成した漢詩集『懐風藻《かいふうそう》』の作者の一人に「大学頭従五位下山田史三方」がいます。山田史御方《やまだのふひとみかた》は、『日本書紀』の持統天皇の六年（六九二）十月の記事に、新羅へ留学した沙門だったと書かれていて、このときに還俗して学者として活動するようになったのではないかと言われます。やはり、朝鮮半島系の漢学を学んだ人が大学頭になっていたわけです。

しかし、聖武天皇の時代になると任命の仕方が変わります。天平四年（七三二）十月に箭集宿禰虫麻呂《やづめのすくねむしまろ》が大学頭になりました。日本に古くから住んでいた一族の出身者です。天平十三年（七四一）七月には橘宿禰奈良麻呂《たちばなのすくねならまろ》が任命されました。奈良麻呂は橘諸兄《もろえ》の長男で、母は藤原不比等《ふひと》の娘ですから光明皇后の甥にあたります。諸兄は、皇族から臣籍になった人で、七四〇年代に日本の政治の中心でした。不比等は藤原氏の家長でした。皇族の血筋で政治家として最高の力を持っていた人たちの子が大学頭に任命されたわけです。この後の『続日本紀』の大学頭の記事を見ると、名門貴族の家柄の人が短い間だけ任命されるときもありますが、皇族が長く務めているのが目立ちます（第四章4節にあげた拙稿参照）。日本古来の家系の人が任命されるようになったのは、明治時代に政府が日本の高等教育制度を整えようとしたとき、はじめ外国から学者を招いて教授になってもらい、日本人の学者が育つのを待った事情に似ています。そして、日本古来の家系のなかでも、皇族が任命されたことには、さらに意味があると筆者は思います。中国から直輸入した学問によって大学を運営し上級役人を養成する仕事は、天皇家が直接に取り仕切る国の事業だと考えられていたのでしょう。

大学の仕組みにも変化がありました。大学寮の職員は、大宝律令をもとにしてつくられた養老二年（七一八）の令の決まりでは左のとおりでした。小さい字がその役割です。

頭一人、掌簡試学生、及釈奠事。助一人。大允一人。少允一人。大属一人。少属一人。博士一人、掌教授経業、課試学生。助教二人、掌同博士。学生四百人、掌分受経業。音博士二人、掌教音。書博士二人、掌教書。算博士二人、掌教算術。算生三十人、掌習算術。使部二十人。直丁二人。

長官「頭」の仕事は筆記試験の管理と釈奠を主催することです。釈奠は第四章の4節に出てきました。前にも述べたように、律令制度は人が仕事をするときのものの考え方を儒教の精神によっていたので、重要な仕事でした。その後「属」までは管理職の役人で、その後が教員です。「博士」が二人の「助教」とともに四百人の学生に「経（儒教の古典）」「業（科学技術）」の全体を教え試験をする仕組みでした。ほかに実技系の特殊科目だけを担当する「音博士」「書博士」「算博士」がいました。「音」は中国語の会話、「書」は漢文の作文・書写です。「算」は経済の基礎になる算術です。この先生たちは大学の運営にタッチしなかったようです（湯沢質幸『古代日本人と外国語』勉誠出版、二〇〇一年）。末尾の「使部」と「直丁」は庶務をする職員です。

聖武天皇が即位すると、神亀五年（七二八）七月に、天皇の命令で「律学博士」二人と「直講」三人と「文章学士」という教員が設けられました。「律学博士」は唐の制度を取り入れた名称で法律を専門に教えました。「直講」は儒教の古典を専門に教えました。「文章学士」は唐にない名称で作文技術を専門に教えました。翌々年の天平二年（七三〇）三月には、太政官の命令で「文章学士」を「文章博士」と改称して、「律学博士」「直講」とともに、「助教」と同じ教員の二番目の身分に引き上げました。学生の専攻別の定員も決められました。これは、授業を専門に分けてその担当教員を置いたということです。つまり、倫理と科学をひとまとめにした教育から専門別に変わったのでした。僧が一種の学者から寺に務める公務員に変わったことと並行の変化です。

こうした変化とともに、外来の音楽も唐の最新の制度にならって専門化がすすんだでしょう。前の節で述べた吉備真備が『楽書要録』を献上したのはその事情でしょうし、皇甫東朝はたぶんそのために招かれて日本へ来たのでしょう。その結果、どの儀式であるかによって上演する音楽が区別されるようになったのです。

## 3　朝鮮半島を通って来た漢学は「日本」文化になった

それでは、七三〇年代から後は、七世紀までの日本で漢学だと思われていたものは上書きして消されてしまったのかと言えば、そうではありません。もともと中国から来たものであっても、七世紀までに日本で定着していれば、伝統的な文化として扱われるようになりました。

漢字の使い方を例にしてその様子を見ましょう。全体には唐の正式のものに変わりましたが、朝鮮半島から来た字や用法も続きました。たとえば「かぎ」をあらわす字は古代の中国では普通「鑰」でした。『日本書紀』などはそれに従っていますが、『万葉集』などは「鎰」で「かぎ」を書きあらわしています。これは朝鮮半島と共通の用法でした。「鎰」は中国では金属の重さ二十両または二十四両をあらわす字ですが、古い時代に、何かの理由で、中国の東の周辺の地域で「鎰」と「鑰」がまぎれて使われるようになっていたのです。平安時代にも「鎰」が使われ続けました。源順《みなもとのしたごう》という人がつくった字書『倭名類聚抄《わみょうるいじゅしょう》』に「今案俗人印鑰之処用鎰字非也」と書かれています。「印鑰」とは承認する印鑑と倉庫の扉の鍵のことで、大事な物の管理責任を言う用語ですが、そんな重要なことに「鎰」を使う「俗人（いまどきの人）」がいたわけです。「鎰」で「かぎ」をあらわさなくなるのは中世に「鍵」が広まってからです。このように、漢字の用法のうち、隋や唐から直接に来たものは「外来」で、七世紀までに朝鮮半島を通って日本へ来たものは「伝統」と意識されるようになりました。

この事情が仮名の発明の要因になりました。たとえば、トの発音をあらわす万葉仮名「止」を草書体で書いたのが平仮名「と」になり、最初の二画だけを書いたのが片仮名「ト」になったのですが、漢字「止」の音よみは六世紀から後の中国では日本語のシに近い発音です。日本でトと音よみしたのは、古い時代の中国の音よみが五世紀までに朝鮮半島に伝わり、そのままで日本へ伝えられたのでした。八世紀の日本人は、「止」を漢字として音よみすればシであると知っていて、その一方、「止」をトの万葉仮名として使うことを伝統文化として続けたのです。

仮名の発明は、儀式用の日本語の歌が和歌に変わる問題と直接に結び付いて行きます。この本の最後のまとめでは、日本語の歌は、木簡に漢字で書かれるのでなく、紙に平仮名で書かれるようになったとき、和歌になったという考えを述べます。

また、『続日本紀』に、それまでの朝鮮半島系の漢字を大切にして受け継ごうとしたことがわかる記事があります。天平二年（七三〇）三月に太政官の命令した三つの政策です。

一つ目は、原文を省略しますが、大学寮の学生の「得業生《とくごうしょう》」のことです。優秀な学生を五～十人選んで衣服や食料や勉強に必要な資料を与えて学業に専念させると書いています。三つ目は、中国語の「通事（通訳）」を育成する政策です。大学の教員でなくて中国語がよくできる五人の人に、弟子をとらせようというのです。僧弁正が中国に留学しているときに唐の女性との間に生まれて父とともに日本へ来た秦 朝元《はだのちょうげん》をはじめ、中国人と交流していたり中国から渡来してきた人たちです。その原文も省略します。ここでは二つ目に書かれている左の政策について考えます。

天平二年三月　辛亥、太政官奏偁…又陰陽医術及七曜頒暦等類、国家要道、不得廃闕。但見諸博士、年歯衰老。若不教授、恐致絶業。望仰、吉田連宜、大津連首、御立連清道、難波連吉成、山口忌寸田主、私部首石村、志斐連三田次等七人、各取弟子、将令習業。其時服食料亦准大学生。其生徒、陰陽医術各三人、曜暦各二人…

陰陽、医術、曜、暦は国にとって欠くことのできない学問であるが、その知識や技能を持つ博士たちが老齢化したので、弟子をとらせて継承者を養成する、その弟子たちには正規の大学の学生に準じて衣服や食料を与えるというのです。この記事の「博士」は、大学寮の教員でなく、ある方面の学問の専門家をさしています。七人のうち、吉田宜については前の節で述べました。大津連首《おびと》は新羅に留学していました。御立連清道《みたちきよみち》はもと百済人の呉粛胡明でした。難波連吉成《なにわよしなり》はもと百済人の谷那庚受でした。山口忌寸田主の家の山口忌寸氏は早くに百済から日本へ移住した倭漢《やまとのあや》氏の一族です。この五人は朝鮮半島系の学者だったことが確実です。残る二人は、私部首石村《きさきべいわむら》の家系はわかりません。志斐連三田次《しひみたすき》は『新撰姓氏録』には日本古来の家系になっています。他の五人と並ぶ優れた学芸の持ち主だったのでしょう。西暦七二〇年代までの日本の学問を支えていた人たちでした。朝廷は、その学識をこれからも生かして行こうとしたわけです。

ここで、先に第四章の1節で紹介した欽明天皇十五年（五五四）の記事の、百済から派遣されて来た「博士」たちの専門が、易と暦と医術だったことを思い出しましょう。ここに書かれている七人の「博士」たちの専門と同じです。古代は、重要な儀式から日常の仕事まで良い日と場所を選んで行っていました。天皇の即位や葬儀など臨時に行う儀式、節会など定期的に行う儀式、さらには、稲のもみをまくような日常の仕事など、何事も暦と占いに従って計算して日と場所を決め、うまく行くように祈ったのです。医術も、第四章の2節で述べたとおり、日と祈りに関係があります。この老いた「博士」たちの学識はその方面です。

この天平二年の政策の内容は、人材の育成、行事の日取りを決めて行うための学識、通訳の養成の三つです。一見すると別々のことがらを命令したように見えますが、国の日常行政の能力を、育て、保ち、伸ばす目的だったと解釈すれば、三つがひとまとまりになります。つまり、この「博士」たちの後継者の養成は、朝廷が、百年前からの伝統的な日常の仕事の仕方を、これからも受け継いで発展させるためでした。

儀式でうたう日本語の歌も、七世紀に漢学のなかで生まれましたが、こういう事情のなかで、日本に古くからあった文化と意識されるようになり、伝統的な祝いや祭りでうたわれます。次の節でその事情をまとめて考えましょう。

## 4　もともと漢学で整えられた日本語の歌が「伝統」文化になった

日本列島に古くから日本語のうたはあったでしょうが、儀式でうたう歌は五七五七…の形式にどうして決まったのでしょうか。

日本語の文法は、仮名の二字分にあたる名詞に仮名の一字分にあたる助詞が付いたり、仮名の二字分にあたる動詞の語幹に仮名の二字分または三字分にあたる語尾や助動詞の付いたものがつながって文になることが多いので、仮名の五字分または七字分で意味がひと区切りになりやすいと説明されることがありますが、そうだとしても、この形式にならなくてはいけない根拠はありません。むしろ、隋や唐の漢詩が五字または七字の句でつくられるのをまねたと考えた方が、まだしも根拠のある説明になります。早くに河音能平氏が「…和歌は日本語による「漢詩」である。…民衆によって現実にうたわれていた民謡が、官人貴族の一定の意図のもとに採集され、定型詩形にアレンジされたものと考えることができよう（「国風的世界の開拓」日本史研究会『講座日本文化史』第二巻、三一書房、一九六二年、二二三・二二七ページ。傍点は原文に付けられたもの）と述べています。それを別の言葉で筆者は言っていることになります。

　短歌が五七五七七の句になった理由は、『万葉集』には二句切れが多いことから想像できます。まず五七、それをうけて五七、まとめが七ということでしょう。そして、文字で五七五七七と書かれていても、実際にうたうときは同じ句を繰り返したでしょう。何度も取り上げる「難波津の歌」なら「難波津に咲くやこの花」とうたい出し「冬こもり今は春べと」とうけて「咲くやこの花」を繰り返しておわります。実際にうたうときは歌句を何度も繰り返したり重唱にしたと想像できます。試しにうたった録音が以前公表した本（犬飼隆・和田明美『万葉人の声』青簡舎、二〇一五年）の付録CDに入っていますので聴いてみてください。

第四章の1節で、欽明天皇の時代に百済から楽人たちが定期的に来ていたことを紹介しました。その人たちが日本語の歌の形式を整えるのを手助けしたわけです。同じ章の3節では朝鮮半島の国にそれぞれの言語でうたう儀式用の歌があった可能性を考えました。儀式用に百済語の歌ができていたとすれば、その経験を日本語の歌に応用することができたでしょう。近ごろの『万葉集』の和歌や『古事記』『日本書紀』の歌謡についての研究では、中国の六朝の時代、三〜六世紀の漢詩の表現を土台にしていることがわかってきています（たとえば内田賢徳「孝徳紀挽歌二首の構成と発想―庾信詩との関連を中心に―」『萬葉』第百三十八號、一九九一年三月）。六世紀から七世紀前半に、中国から朝鮮半島を通って日本に来た音楽理論にもとづいて日本語の歌の様式を整えたわけですから、その表現の内容も六世紀までの漢詩の影響を受けたのは当然です。しかし、そのように、もとをたどれば外来文化の影響をうけてできたものでありながら、七世紀までに日本の文化の一つとして定着していたので、伝統文化として意識されるようになったのです。

朝鮮半島系の漢学の理論によって漢詩のつくり方を学び、それをもとにして日本語の歌ができた事情を教えてくれる良い資料があります。第二章の2節にも出てきた『古今和歌集』の仮名序です。儀式用の日本語の歌が漢学のなかで生まれた事情が書かれているのです。

仮名序に「難波津の歌」を和邇《わに》が仁徳天皇に献上した事情が、

…おほさざきのみかど、なにはづにてみことときこえけるとき、春宮をたがひにゆづりて位につきたまはで三とせになりにければ和邇といふひとのいぶかりおもひて詠みてたてまつりける歌なり

と書かれています。皇子であられたときに即位を譲り合われて三年になったので、位についてくださいとお願いする国民の意思を代表して、この歌で表現したというのです。和邇（『日本書紀』では「王仁」）は、応神天皇の時代、五世紀に百済から派遣されてきて皇太子の学問の先生になったと『古事記』と『日本書紀』に書かれています。その時代に『千字文』にはそのとき『論語』と『千字文《せんじもん》』を持ってきたとも書かれています。『古事記』にはそのとき『千字文』はまだできていないので実はつくり話ですが、八世紀の日本では、五世紀に和邇が日本に初めて本式の漢学を伝えたということになっていたわけです（「わに」という名は中国の名門の姓「王《ワン》」の日本訛りではないかと筆者は考えています）。しかも、九世紀になると、その和邇のつくったこの歌が「みかどのおほむはじめ（天皇に献上するための和歌のはじめ）」だったと、和歌をつくったり理

論を研究する人たちが信じていたのです。

そして、仮名序のその後に書かれた記事は、和歌の理論を述べた文章です。そこでは「難波津の歌」が中国の詩の「風《ふう》」にあたる「そへうた」に分類されています。天皇に即位をおすすめするために歌をつくったのが「風」だというのです。その記事に述べている理論では、和歌の本質を「そへうた」「かぞへうた」「なずらへうた」「たとへうた」「ただごとうた」「いはひうた」の六つに分類しています。それぞれ中国の『詩経《しきょう》』という本で漢詩を六種類に分類した「六義《りくぎ》」の「風」「賦」「比」「興」「雅」「頌」にあたります。『詩経』(『毛詩《もうし》』と呼ぶときもあります)は、孔子の時代の詩を集めた本で、八世紀の日本では儒教の教科書の一つでした。「風」は民謡を素材にした漢詩をさします。中国には世間で一般の人たちがうたっているうたに民意があらわれるという考え方がありました。国が行うべき政治の方向が風に乗って聞こえてくるというわけです。そのために、後に第七章の3節で詳しく紹介しますが、「楽府」という役所がつくられ、全国から民謡を集めて宮廷で演奏する音楽の素材にしていました。「難波津の歌」の歌詞は「咲くやこの花」を繰り返す民謡風です。たぶん、もとは春になって桜が開花した様子を喜ぶうただったのでしょう。それを素材にして仁徳天皇の即位をすすめる歌にしたてたのは、まさに「風」です。

　このように、五七五七…の形式の日本語の歌は漢学のなかで生まれました。七世紀の中ごろには、五七五七…の韻律で日本語をうたうことが、たぶん新しい文化だったでしょう。しかし、現代の私たちは、漢詩は中国から来た外来の文化であり、和歌は日本に古くからあった伝統の文化だと思い込んでいます。この考え方は、繰り返しますが、八世紀に入って聖武天皇のすすめた政策のなかでつくられたのでした。朝廷が行った国民の文化意識に対する操作です。そのようにした理由は、日本から外に向けてはアジアの東の隅にあっても一人前の国として独自の文化を持っていると主張するため、国内に向けては一つの個性的な文化をもっている国の一員であるという意識を国民に育てるためだったでしょう。

　中国から七世紀までに来た儀式が伝統行事になった一つの例は、朝廷の年中行事の「踏歌節会《とうかのせちえ》」です。正月の上元《じょうげん》の日に一年の厄《やく》をはらう儀式で、大勢の人が足を踏み鳴らしてうたいながら踊ります。もとになったのは中国の隋の時代に民間行事を取り入れてはじまった宮廷の宴会です。『日本書紀』の記事によると、持統天皇の七年（六九三）正月の十六日に朝鮮半島から来た人たちが踏歌を行いました。翌年の正月には、十七日に朝鮮半島から来た人たちが、十九日に都にいた中国人たちが踏歌を行いました。同じときに日本の役人たちは「射」をしました。踏歌の歌詞が中国語だったので、うたえない人がいたのかもしれません。

その五十年後の『続日本紀』の天平十四年（七四二）正月の記事に、聖武天皇が恭仁京で催した踏歌節会の様子が書かれています。「仏前唱歌」と同じころです。外来の舞楽は演奏されませんでした。伝統的な五節田儛《ごせちのたまい》を上演した後、少年少女たちが踏歌を行い、その後に宴に参加した六位以上の人たちが琴の伴奏で、

新《あらた》しき年の始めにかくしこそ仕えまつらめ万代《よろづよ》までに

とうたいました。日本の舞と日本語の歌とともに上演されたことと、中国語の踏歌を少年少女たちが演じたことに注目しましょう。八世紀の中ごろには伝統行事の一つになっていたのです。中国から来た踏歌が伝統文化になったのと並行して、漢学のなかで生まれた日本語の歌も、外来の漢詩に対して伝統文化であると意識されるようになり、日本の舞とひとまとまりのものになったわけです。このとき琴で伴奏したことにも注意しておきましょう。

## 5　儀式を催す趣旨のちがいと上演される音楽の区別

八世紀に日本の漢学全体が直輸入した唐の最新の学問にならって上書きされ、その一方、七世紀までの漢学は伝統的な文化として定着して行きました。そういう変化につれて、儀式

のなかにも、中国にならって公式に行うものと、日本の伝統、あるいはもともと中国から来た儀式であっても伝統になっていると意識されるものとの区別ができてきました。そのとき上演される音楽も区別されて、日本語の歌は後者の儀式でうたわれました。第四章の4節で述べたとおりです。この章の最後に、その様子をまとめて見ましょう。

まず伎楽を取り上げます。後に述べるように、仏教の供養で日本語の歌をうたったことに似た事情があるからです。

『続日本紀』には伎楽が「呉楽《くれのがく》」として三ヶ所の記事に出てきます。最初は天平勝宝元年（七四九）十二月に孝謙天皇と聖武太上天皇と光明太后が東大寺に行幸されたときです。大仏の完成が近くなった祝いだったのか、五千人の僧がお経をよむ大きな会合でした。伎楽と唐と渤海の舞楽と日本の五節田儛と久米儛が上演され、日本語の歌はうたわれませんでした。次は天平宝字五年（七六一）八月に孝謙太上天皇と淳仁天皇が薬師寺に参拝されたときです。伎楽だけが上演されました。三つ目は神護景雲元年（七六七）正月に称徳天皇が興福寺に行幸されたときで、伎楽と林邑楽が上演されました。八世紀中ごろより後、伎楽は天皇がお寺へ行幸されたときのアトラクションとして上演されたようです。第四章の4節で紹介した『延喜式』に書かれている決まりでも、雅楽寮の職員が上演するのはお寺の食事の斎会です。

しかし、七世紀末に外国から来た客をもてなす宴席で伎楽を上演した記録があります。『日本書紀』の天武天皇の朱鳥元年（六八六）四月の、

為饗新羅客等、運川原寺伎楽於筑紫。仍以皇后宮之私稲五千束、納于川原寺

という記事です。新羅の使節のために川原寺の伎楽を筑紫へ運び、そのお礼として川原寺に皇后の個人の財産である稲を五千束奉納したのでした。運んだとは道具と楽人たちを送って上演させたということでしょう。「皇后」は持統天皇になられる鸕野讃良皇女《うののさらのひめみこ》です。この新羅の使節は、前の年の天武天皇十四年に来て都まで来るのを許されず、筑紫に滞在していました。朝廷にとって気に入らない事情があったようです。六月に天皇が発病され九月に亡くなられる事情も関係があるかもしれません。

この記事は重要な情報をいくつも含んでいます。伎楽が国の政治的な社交の席で上演されたわけです。しかも、このときの伎楽の上演は、雅楽寮にあたる役所の職員でなく、川原寺に伝えられていたのを借りたのでした。そして、川原寺から借りたお礼が、朝廷の公費でなく、皇后の私費で支払われたことに筆者は注目します。もし使節が都まで来て朝廷が公式に歓迎の宴を行ったなら、国の費用で雅楽寮にあたる役所が新羅楽を上演したのではないでしょうか。

この事情を「仏前唱歌」をうたった維摩会と比べると、儀式として準公式で、雅楽寮の職員以外の人が上演するという点に共通性があります。雅楽寮の伎楽は外国の客のための宴席では上演しません。このときは特別な事情があって、臨時に川原寺のを借り、燕楽として上演したのでした。新羅の使節に本当は失礼だったのかもしれませんが、七世紀に整備されていた儀式の音楽の一つとして、新羅楽の代わりにしたのでしょう。日本語の歌は、伎楽とちがって、八世紀になってからもアトラクションでなく儀式の正式の要素として上演されましたが、『延喜式』に書かれている公式のお寺の法会には雅楽寮から歌人、歌女が行きません。「仏前唱歌」をうたった法会は、皇后の主催で、藤原氏の集まりでもあったので、皇族、貴族たちがうたい伴奏したのです。費用も皇后の私費で支払ったのではないでしょうか。

聖武天皇の時代になると、皇族、貴族たちが、外来文化である漢詩だけを儀式でうたうことがありました。その一つは天皇の主催する曲水の宴です。

中国から伝わった曲水の宴は、もともと水に物を流しておはらいをする祭りの一つです。春になった祝いとして三月三日に行われました。曲がった形の池に杯を流して、自分のところに流れてくるまでに詩をつくる遊びをするようになったので、曲水の宴と呼ばれました。日本ではいつから行われたかわかりません。『続日本紀』の文武天皇の五年（七〇一）の記事に「賜宴王親及群臣於東安殿」と書かれているのが三月三日なので曲水の宴が行われたのではないかと言われています。

最初の確かな記録は、『続日本紀』の神亀五年（七二八）三月の記事に、

天皇御鳥池塘、宴五位已上。賜禄有差。又召文人、令賦曲水之詩

とあります。聖武天皇が五位以上の上級貴族を平城京の鳥池のほとりに招いて宴をひらき、禄を賜り、漢文のわかる人たちに曲水の詩をつくらせたというのです。平城京で曲がった形の池が一九七五年に発掘されていますし、その後、日本各地で、また、新羅の遺跡でも、曲水の宴をしたらしい池の跡が見つかっています。『続日本紀』には、天皇が主催して曲水の宴を行った記事が、桓武天皇の時代の延暦六年（七八七）まで十二ヶ所出てきます。その宴でうたわれたのは漢詩でした。右の記事のように「詩」と書かれるか、それとも天平二年の「引文章生等、令賦曲水」のように「賦」と書かれています。どの記事にも「詩歌」などとは書かれていません。天皇の主催する曲水の宴では外来文化の漢詩をうたったのです。

しかし、曲水の宴で日本語の歌をうたうときもありました。『万葉集』の巻十九の四一五一～五三番目の和歌の題は「三日、守大伴宿禰家持之館宴会三首」です。天平勝宝二年（七五〇）の三月なので、大伴家持の館でひらいたこの宴会は曲水の宴だったとわかります。四

一五三番目の和歌は、

　から人も筏浮かべて遊ぶといふ今日そ我が背子花かづらせな

（中国でも舟を浮かべて遊ぶという今日だ。諸君、花を髪に飾ろう）

です。いかにも水辺で行う祝いの宴会の様子になっています。八世紀の中ごろに個人の主催する曲水の宴がひらかれ、そのときには漢詩でなく日本語の歌をうたった可能性があるわけです。可能性があるという言い方をするのは、曲水の宴には漢詩をつくってうたい、そのとき別につくった日本語の歌を『万葉集』に和歌として収めたかもしれないからですが、やはり、この和歌と同じ語句の歌を曲水の宴でうたったと解釈するのがすなおでしょう。

　それでは、天皇の主催する曲水の宴では「外来」の漢詩をうたうのに対して、個人の主催するときは「伝統」の日本語の歌をうたったのでしょうか。そうではありません。天皇の主催する曲水の宴は外来の純粋な唐風の文化行事として行われたので、漢詩だけをうたったと考えるのが良いでしょう。個人と言っても、家持は越中守の立場でこの曲水の宴をひらいています。私的な遊びではなく地方の役所の公式行事の席です。『延喜式』に書かれている決まりでは、季節の変わり目の節会に雅楽寮の歌人、歌女が行って日本語の歌をうたいました。この宴席では家持がうたったのです。第一章の1節にあげた天平宝字二年（七五八）正月初音の日に「作歌賦詩」という命令が出されて貴族たちが日本語の歌と漢詩との両方を持参したのを思い出しましょう。

曲水と同じことが七夕の日の宴にもあてはまります。『続日本紀』の天平六年（七三四）七月七日の記事には、天皇が相撲を御覧になった後「是夕、徙御南苑、命文人賦七夕之詩」とあります。この記事にも「歌」が出てきません。天平十年（七三八）の記事にも、七夕の日に天皇が相撲を御覧になった後に、下道（吉備）朝臣真備たちに漢詩をつくらせたとあります。天皇は、西宮池のほとりの梅の木を題材にして季節に外れた春の詩をよむように命ぜられ（宜各賦春意、詠此梅樹）、漢文学のわかる三十人の人たちがうたった（文人卅人、奉詔賦之）と書かれています。やはり「歌」は出てきません。これについて「もっとも賦した作が和歌の可能性もあるか」というコメント（『新日本古典文学大系　続日本紀　二』岩波書店、一九九〇年、三四一ページ）もありますが、漢詩をつくったと考えるべきでしょう。

『懐風藻』に八世紀はじめころの七夕の漢詩が六首収められていますから、聖武天皇の唐風化政策がはじまる以前からこの行事では漢詩をうたっていました。そして、『万葉集』には七夕の和歌がたくさん収められています。この本の第一章で述べた事情からみても、貴族たちの七夕の宴では漢詩とともに日本語の歌もうたい、それが『万葉集』を編纂するときの素材になったと考えて良いでしょう。しかし、『続日本紀』に記録された天皇の主催する宴では漢詩だけをうたったのです。『延喜式』に書かれている決まりで、同じ日の相撲節会に雅楽寮の歌人が行かないのも、日本語の歌はうたわないということです。

あるいは、天皇の主催する曲水や七夕の宴で実は「外来」の漢詩も「伝統」の日本語の歌もうたったけれども、国の公式の歴史の本である『続日本紀』には漢詩のことだけが記録されたと説明できるかもしれません。そうだったとしても、ここで考えている問題にとっては同じことです。

勝宝四年（七五二）四月九日に東大寺の大仏開眼供養が行われました。後でまた詳しく紹介しますが、外来の音楽も日本の歌舞も上演されました。国の特別な儀式なので全種類の音楽を上演したのでしょう。『東大寺要録』の記事によると伎楽も上演されました。漢詩もうたわれた可能性があります。しかし、第二章の2節で紹介した三首の日本語の歌は、翌十日に「中宮」の行幸されたときにうたわれています。この「中宮」は藤原宮子です。遠藤慶太氏が、天平勝宝七年（七五五）の正倉院文書に宮子の一周忌のまつりが「中宮斎会」と書かれているのを根拠にして、明らかにしました（「中宮の追福―藤原宮子のための写経と斎会」『正倉院文書研究7』吉川弘文館、二〇〇一年）。藤原不比等の娘で聖武天皇の母です。文武天皇の妃ですが、皇族でないので、生前は「夫人」、亡くなってから「太皇太后」と呼ばれました。国の催した main event の翌日、天皇の祖母がお出になったときの準公式の儀式で、日本語の歌をうたったということでしょう。

九世紀のはじめに「大歌所《おおうたどころ》」がつくられて平安時代の後半まで活動しました。令外《りょうげ》の官（律令で決められている役所のほかに追加される正式の役所）としてできた役所で、雅楽寮とちがって、日本古来の歌舞を専門にして教習を行い、節会のときに上演する機関でした。八世紀はじめには雅楽寮が儀式の音楽全体を担当していたのですが、百年後、外国から来た音楽は主に雅楽寮の担当、節会で上演する日本伝統の音楽は大歌所の担当に分かれたのです。第四章の4節で紹介した『類聚三代格』によると、八四八年の雅楽寮の職員にまだ日本の歌舞と笛の担当者がいますから、雅楽寮の職員のなかの日本語の歌舞の部門を大歌所にしたのではありません。大歌所の「琴師」「笛師」「歌人」は、ふだんは別の役所で仕事をしている人たちでした。節会のときに集められて大歌所で演奏したのです。このちがいが、ここまでにこの本で考えたことにとって重要です。

何度も回り道をしましたが、ここでようやく、話しの筋が、皇族、貴族たちが日本語の歌をうたい和琴で伴奏した問題に戻ります。次の章から、ここまで調べたり考えてきたことを取り入れて、儀式と日本語の歌と琴の伴奏がどのようにつながるのか、歌詞を木簡に書いたのはどんな事情だったのか、まとめて行きましょう。

# 第六章　和琴の伴奏で日本語の歌をうたう

## 1　琴をひいて神や人の霊に呼びかけた

この章では、和琴が日本語の歌をうたうときの伴奏に使われた理由と事情をまとめます。第三章の2節で、古代には神に申し上げた願いを琴に込めてお渡しするために水に流して捨てたことを紹介しました。琴を通して神と対話することができたとすると、目の前にいない人、亡くなったり遠くにいる人の霊に呼びかけることもできたのではないでしょうか。そういう考え方が八世紀の日本に伝統文化としてあったので、「厭世間無常歌」が河原寺の和琴の表面に書かれるか刻まれ、「仏前唱歌」の伴奏に和琴が使われたのではないかと筆者は考えています。

『古事記』『日本書紀』の両方に、仲哀《ちゅうあい》天皇が亡くなられたとき、どうするのがよいか、神に神功《じんぐう》皇后がおうかがいをたてた記事があります。第三章の2節に出てきた神託《しんたく》です。そのとき琴をひきました。『日本書紀』の記事によると、仲哀天皇が熊襲《くまそ》を征伐しようとされたとき、神が神功皇后にのりうつって、熊襲でなく新羅を従わせよとおっしゃったのですが、天皇は神の言いつけにそむいたので亡くなってしまわれたのでした。そこで、どうしたら良いか神の意思をおたずねしたわけです。皇后は竹内宿禰に命じて琴をひかせ、中臣烏賊津使主《いかつのおみ》を「審神者《さには》（神の意向がどうであるかを判断する役目）」にしました。『古事記』の記事では、皇后が御自身で琴をひき、竹内宿禰が神におたずねする呪文をとなえました。そうすると、ひく琴に神が降りて来て答えを授けてくださるのです。先に述べたとおり、そのときの様子は古墳の埴輪のみずらを結った男性が膝の上で琴を弾いている姿のようだったでしょう。

琴をひいて呼びかける対象は、神だけでなく、人の霊の場合もありました。『日本書紀』の武烈《ぶれつ》天皇即位前紀の記事には、天皇になられる前に太子だったときの、影媛《かげひめ》という女性に求婚する場面で、六つの歌謡が出てきます。影媛は実は鮪臣《しびのおみ》と結婚していて、その鮪臣が太子と影媛との間に立って太子と争う問答が歌謡の語句になっています。太子と鮪臣が言い争った後、太子が影媛に、

琴頭《がみ》に来居る影媛玉ならば我が欲《ほ》る玉の鰒《あはび》白玉

（琴をひく音にひかれて琴の頭に神が影になって降りるという、その「かげ」ひめは、珠にたとえるなら私のほしい真珠のようだ）

と呼びかけます。「かげ」は琴の頭に降臨する神の「かげ」と女性の名の「かげ」との二重

の意味をもたされています。この文脈をどうよむか解釈の仕方が分かれています。琴の頭に降りるのは神であり、「琴頭に来居る」は「影」を導く序詞《じよことば》であると解釈する説もあります（『新編日本古典文学全集　日本書紀②』小学館、一九九六年）。しかし、「現身の恋人も琴の音に引かれて面影に現われることがあった」（日本古典文学全集『萬葉集二』小学館、一九七二年）と解釈する説もあります。琴の音で呼び出そうとしたのは、求婚を受ける女性、つまり影媛の心だというわけです。後の方の解釈に筆者は賛成します。以下のような例があるからです。

『日本書紀』の歌謡に、琴をひいて呼び出すのが亡くなった人の霊であると解釈できる可能性をもつ例があります。孝徳《こうとく》天皇の大化五年の記事に、野中川原《のなかのかわらの》史満《ふびとまろ》が、

山川《やまがは》に鴛鴦《をし》ふたつ居てたぐひよくたぐへる妹を誰か率にけむ

（山川に鴛鴦のつがいが仲良く連れ添っているが、そのように連れ添った妻を誰が連れて行ってしまったのか）

本毎《もとごと》に花は咲けども何とかも愛《うつく》し妹がまた咲き出来ぬ

（株ごとに花は咲いているのになぜいとしい妻は二度と咲いてこないのか）

という二首の挽歌（死者をとむらう歌）を皇太子に奉ったとあります。皇太子の后であった蘇我《そがの》造媛《みやつこひめ》は、父の山田大臣が無実の罪で処刑されたのを悲しむあまりに、亡くなったので

した。この二首を奉られた皇太子は、泣き崩れてこれは善い歌だ悲しい歌だとおっしゃり、満に「御琴を授けて唱はしめたまひ」ました。満が琴をひいてうたうことによって、造媛の霊を呼び戻そうとされたと解釈できます。

『万葉集』の巻七の一一二九番目の和歌、

琴取れば嘆き先立つけだしくも琴の下樋に妻や隠れる
（琴を手にとると、まず嘆きたくなる。もしかしたら琴のなかに妻がかくれているかもしれない）

は、琴をひいて呼び出そうとするのが神でなく人の霊であることが確実です。「嘆く」理由は、妻と長い間会えないでいるからです。亡くなったか、どこかへ行ってしまったのです。この和歌は「詠倭琴」という題が付けられています。「下樋《したび》」は水を通す管のことですが、ここでは琴の共鳴槽をさしています。妻がそこに隠れているかもしれないというわけです。

『日本書紀』の武烈即位前紀の歌謡の文脈は琴をひいて招くのが神か人か解釈を一つに決められませんが、大化五年の歌謡や、『万葉集』の例を見ると、神だけでなく人の霊も招いていたと考えて良いでしょう。

ほかの例を付け加えると、『播磨国風土記』の「琴坂」という地名の由来を説明する記事に、景行《けいこう》天皇のとき、出雲の国の人が、そこに老父とともに田をつくっていた女性の心を動かそうとして「乃弾琴令聞」と書かれています。生きている女性の魂に呼びかけるために琴をひいたわけです。出雲から播磨へ来た人ですから、その琴は持ち運んできたかそこでつくったのでしょう。第三章で和琴の二つの規格のうち小型のものは即製だった可能性を考えましたが、それを想像させる記事です。

また、『万葉集』の巻十六の三八一七、八番目の和歌と三八一九、二〇番目の和歌は、それぞれ、河村王《かわむら》と小鯛王《こだい》が自宅でくつろいでいて琴を弾くとき、まずこれらをうたったと説明がついています。前の二首、

かるうすは田伏のもとにわが背子はにふぶに笑みて立ちませり見ゆ

（唐臼はこの田舎家にあり、あの人はにっこり笑って立っているのが見える）

朝霞《あさがすみ》鹿火屋《かひや》が下の鳴くかはづ偲《しの》ひつつありと告げむ児もがも

（獣よけの火をたく田舎家で蛙が鳴くように、お慕いしていますと伝えてくれる娘はいないかなあ）

は、人がたずねて来ることを期待し、つまり、琴をひいて人の魂を招き、後の二首、

夕立の雨うちふれば春日野の尾花が末の白露思ほゆ

（夕立がさっとふると尾花の先の白露が思われる）

夕づく日さすや川辺につくる屋の形をよろしみうべ寄そりけり

（夕日がさす川辺に建てた家の形が良いから自然にそこへ行きたくなる）は、その招きに応えて田舎の景色の良い家へ出かけたという組み合わせになっていると解釈できそうです。

そのように考えると、葬儀のときに琴をひいたのは、亡くなった人の霊を呼び戻す意味があった可能性がでてきます。『日本書紀』の景行天皇の四十年に、日本武尊が東の国に遠征した帰り道で亡くなり、その霊が白鳥になって飛んで大和の「琴弾原」にとまったという記事があります。また、第四章の1節に、『日本書紀』の允恭天皇が亡くなられて新羅の王がとむらいの使節を送ってきた記事を引用しました。その記事の続きに「琴引坂」が出てきます。新羅の使節たちは、都に滞在している間いつも畝傍山と耳成山を眺めて楽しんでいましたが、葬儀が終わって帰国しようとするとき「琴引坂」に来て「ウネメハヤ、ミミハヤ」と言って二つの山をほめたと書かれています。景行天皇の記事にある「琴弾原」と允恭天皇の記事にある「琴引坂」がどこなのか、同じ場所かどうか、問題になっています。同じだとすると「琴弾原」からは畝傍山と耳成山が見えません（新編日本古典文学全集『日本書紀②』小学館、一九九六年、一二八ページ注一二）。この「琴弾原」と「琴引坂」は別の場所で、同じ儀式をしたと筆者は考えています。天皇や皇族などの葬儀で、琴をひいてその霊が琴に降りてくるのを待つ儀式が行われていたのではないでしょうか。使う琴は即製だったかもしれません。その場所を「琴ひき原」「琴ひき坂」などと呼んだのでしょう。そういう跡を残した遺跡が発見されるのを期待して待ちたいと思います。その儀式を行う場所がいつも決まっていたとは限りません。そのときそのときに「(霊を招いて)琴をひく」のにふさわしい場所を選んでいた可能性があるでしょう。第四章の1節では、百済から博士たちや楽人が来て儀式の仕方を指導していたことも述べましたが、易博士と暦博士の指導したことがらには、儀式のときに良い場所を選ぶ方法が含まれていたはずです。

ここまで『古事記』『日本書紀』『万葉集』に書かれている記事を資料にして、琴をひくと神や人の霊が降りてくるという考え方があったことを見ましたが、これらは八世紀にできた本です。『日本書紀』は天武天皇の十年(六八一)三月に「令記定帝紀及上古諸事(歴代の天皇の系譜や昔のいろいろな出来事を整理して記録せよ)」という天皇の命令によって編纂がはじめられ、三、四十年かかって完成しました。『古事記』は和銅四年(七一一)から翌年の短い間に書かれました。いずれにしても、書かれた記事は、八世紀のはじめの人たちからみて昔のことがらです。また、『万葉集』は八世紀の後半にいま見る形がおよそできたと言われますが、収められている和歌が本当はいつのものなのか、和歌の題や説明として付けられている詞書や左注はいつ書かれたのか、非常に難しい問題です。右にあげた巻十六の和歌の作者二人のうち、河村王はいつの人なのかわかりません。小鯛王は神亀年間（七二四〜九）に文化人の一人として記録の残っている置始工《おきそめのたくみ》と同じ人の可能性があります。それなら、これも八世紀はじめの考え方です。

それでは、八世紀の中ごろから後の人たちは、琴をひくと神や人の霊が降りてくるとは考えなかったでしょうか。やはり同じように考えていた可能性が大きいと筆者は思います。そういう考え方は昔のことだと思って信じていなかったとしても、伝統的な文化として守っていたでしょう。現代でも、神事や仏教の法事は、神や仏をとくに信仰していない人も意味のあることだと思って行います。

## 2　鎌足の霊を招いて琴をひいてうたった

前の節で考えたことが成り立つとすると、第二章の最後に述べた、「仏前唱歌」を和琴の伴奏でうたったのは祖先の霊を招いて交流する意味があったのではないかという解釈の裏付けになります。

そこでも述べたように、維摩講は仏教の教えを学ぶ学問の会合です。古代の仏教は、現代で言う哲学の一種で、個人の家の祖先を供養するための信仰ではありませんでした。しかし、それは、外来の文化としての仏教です。新しく信仰されるようになった宗教が以前からある信仰の仕方を取り込んで行くのは世界の普遍現象です。日本の仏教も、日本の社会に定着して行くときに、それまでに日本で行われていた信仰や習慣を取り入れました。先に述べたように、神雄寺も水源信仰が行われていた場所に仏教の寺院を建てたのでした。この維摩会では、講が終わった後の供養として、外国から来た音楽と日本語の歌との両方を上演しました。外国の音楽は仏教の供養で演奏する決まりに従って上演し、皇后の主催する準公式の儀式なので、伝統的な習慣を取り入れて日本語の歌も上演したわけです。だから楽人でなく皇族、貴族たちがうたい、神や人の霊を招くときの伝統に従って琴で伴奏しました。最終日の十六日は鎌足の忌日でした。鎌足をはじめ藤原家の故人たちの霊が琴に降りて来て、その場の人たちと交流する意味があったのではないでしょうか。

そもそも、琴をひくことだけでなく、日本語でうたって舞うことそのものが、亡くなった人の霊と交流する意味をもっていました。

中国の『後漢書《ごかんじょ》』という本があります。四三二年にできたと言われる正式の歴史の本です。そのなかの周辺の国々の様子を紹介した記事に、古代の朝鮮半島と日本列島に共通して、中国の葬儀の制度が伝わる以前、葬儀のときに「歌舞」を行う習慣があったと書かれています。荻美津夫氏は、この記事に注目しながら、日本古来の音楽には二つの機能があったと述べています。「神事において」「神霊を振り起こす」機能と、「喪礼と追善儀礼の場において」「死者の蘇生と亡魂の鎮息という相反した二つの機能」です（前掲書四八ページ）。一つ目の機能は、琴をひいてうたい舞を踊ると神が気付いてその場に降りて来てくださるということです。二つ目の機能は、葬儀で演奏すると亡くなったばかりの人の霊を呼び戻すことになり、以前に亡くなった人の供養ではその霊を呼び出して慰めるはたらきがあるということです。琴が神と人とが交流する道具だったことは、第三章の2節で詳しく述べました。

笠原氏の言う二つ目の音楽の機能がよくわかる儀式は、古代の天皇が亡くなったときの「殯宮《もがりのみや》」です。しばらく遺体を安置して霊を慰める儀式を行ってから天皇陵に葬るのですが、その期間は天皇が生き返られるのを待つ意味もありました。実際の例を一つ紹介しましょう。天武天皇が朱鳥元年（六八六）九月に亡くなられたときです。『日本書紀』の記事によると、翌々日から葬儀がはじまって最初に「発哭《みね》（大声をあげて死をなげき泣く儀式）」が行われ、宮殿の南庭に殯宮がつくられました。その後、皇族や貴族、僧や尼、一般の人たちが何度も何度も「誄《しのひこと》（天皇の生前をしのぶ言葉を述べる儀式）」「発哀《みね》（悲しみの気持ちを天皇にささげる儀式）」を行いました。月の終わりに、僧や尼と百済王の子孫が「誄」を行った後、地方から上京した国の造《みやつこ》たちが「誄」を行いました。そして「種々歌儛」を上演したのです。中国の本に記録されている葬儀でうたって舞う伝統文化が、七世紀の末に、地方に残っていたわけです。第四章の1節で紹介した、允恭天皇の葬儀で新羅の楽人たちが「歌舞」を行ったことを思い出しましょう。

前の節で「琴ひき坂」「琴ひき原」について筆者がいろいろ想像したのも、この二つ目の機能を考えたからです。貴人が亡くなったときに琴をひいて、生き返るのを願ってうたい、生き返らないのなら死の国へ安らかに行くように慰める儀式が行われたのではないかということです。

中国から新しい文化や制度が伝えられた後も、音楽が亡くなった人の霊を呼び戻し慰めるという考え方は続いたでしょう。天武天皇の葬儀は二年がかりでしたが、『日本書紀』の持統天皇の元年（六八七）正月の記事には、

皇太子率公卿百寮人等適殯宮而慟哭焉。納言布勢朝臣御主人誄之。礼也。誄畢衆庶発哀。次梵衆発哀。於是奉膳紀朝臣真人等奉奠。奠畢、膳部采女等発哀。楽官奏楽

と書かれています。この「皇太子」は草壁《くさかべ》皇子です。皇太子、貴族、役人たち、一般の人々が「慟哭」「誄」「発哀」を行い、紀真人《きのまひと》が責任者になってお供えの食事をささげ、楽人たちが音楽を演奏したというのです。「楽官」と書かれているのは雅楽寮にあたる役所の職員です。「奏楽」がどの音楽だったか書かれていませんが、『万葉集』の「挽歌」にあたる日本語の歌を笛と琴で伴奏してうたったとしても不自然ではないでしょう。第四章の4節で紹介した『延喜式』に書かれている決まりで、皇室の「鎮魂《たましずめ》」の祭りに雅楽寮の歌人、歌女が行ってうたうのは、その伝統と考えることができます。

八世紀の中ごろから日本語の歌は伝統的な儀式でうたうものと意識されるようになります。そして、琴をひいて日本語の歌をうたうと亡くなった人の霊を呼び出して慰めるはたらきがあるという考え方は、人々の間に文化として残っていたでしょう。七三九年に「仏前唱歌」を皇族、貴族たちがうたったとき、鎌足をはじめ藤原家の故人たちの霊を琴で招いて交流したのでした。秋の行事で伝統的にうたわれてきた景物を歌句にしてうたい、和琴で伴奏したのです。

# 第七章　八世紀の日本社会のなかの音楽と日本語の歌

## 1　雅楽寮が寮の内外の人に教習を行っていた

いろいろな回り道をしながら、八世紀の仏教の供養で日本語の歌がうたわれたのはどのような事情であったかを見ました。次の問題にすすみましょう。

「仏前唱歌」は専門の楽人でない貴族たちがうたい和琴の伴奏をしました。節会などの席でも、日本語の歌を披露するときは声に出してうたったに違いありませんから、貴族たちは日ごろからその技能をみがいていたでしょう。その技能はどこでどのようにして身につけたのでしょうか。後に説明するように、八世紀の日本では貴族の家に音楽の技能をもつ人がいて、その人からならっていました。それだけでなく、うたう技能の普及・教育を朝廷が雅楽寮にさせていて、貴族たちもその教習をうける機会があったのだろうと筆者は考えています。この章ではその事情を調べてまとめます。

養老令の雅楽寮の職員の表の原文には、それぞれの役割を説明する語句が付いています。

「歌師」四人の仕事は、

二人掌教歌人歌女。二人掌臨時取有声音堪供奉者教之

です。「二人は、掌らむこと、歌人、歌女教へむこと。二人は、掌らむこと、臨時に、声音有りて供奉に堪へたらむ者を取りて教へむこと」のように訓読できます（『日本思想大系3律令』岩波書店、一九七六年）。吉田義孝氏は、古事記学会の月例会で、後半に書かれている「臨時」の仕事は雅楽寮の外向けに行われた可能性を述べています（『古事記年報』（五十二）平成二十一年度　十二月例会（研究発表）◎天武朝における古事記の編纂―理官を中心に―）。歌師四人のうち二人が、雅楽寮の職員である歌人と歌女の技能の教育を担当し、他の二人が、寮の職員でなくて「臨時」に「供奉《ぐぶ》」できる「声音」の技能をもつ人材の教育にあたっていたと解釈できるということです。雅楽寮のなかで職員の技能を高める教習をしていたのは当然ですが、寮の外に向けて行っていた教習はどんな人が対象だったのでしょう。とくにここで知りたいのは、貴族たちが雅楽寮の行う教習を受けたかどうかです。

雅楽寮が寮の正規の職員以外の人に行っていた教習の様子を伝える記事が『令集解《りようのしゆうげ》』にあります。

『令集解』は、九世紀の後半に惟宗直本《これむねなおもと》という人が編集した本で、令の文章を詳しく理解するための手引きです。第四章の3節に出てきた『令義解《りようのぎげ》』も同じ趣旨の本ですが、それをもとにして、奈良、平安時代の法律学者の説やいろいろな資料や参考書を集めて、令の文章をどう読むのが良いか解説しています。その「歌人、歌女」の記事に「朱云」という説明文があります。「朱云」の「朱」は、律令の条文を説明した『跡記』という本があって、その文章の行と行の間に朱の字で書き込まれていた説明のことかと言われます（井上光貞「日本律令の成立とその注釈書」『日本思想大系3律令』岩波書店、一九七六年）。編集するとき、それを利用したわけです。書かれていることが八世紀の実際をそのまま伝えているかどうか、慎重に考えなくてはなりませんが、記事の語句は、

歌人卅人。歌女百人之外。取他人教者、未知。此人等教習之後、常置此司哉。若用了還退哉。答。有歌人歌女闕者。便充留耳。不然者退還耳

です。「未知」で問題を出して「答」で答える形の説明で、雅楽寮の歌人と歌女以外の人に対して行う教習について、その人たちは教習が終わった後に雅楽寮の常勤の職員になるのか、用が終わればもとへ戻るのかという問いに答えて、歌人と歌女に欠員があれば補充にあてるときもあるが、そうでなければ戻らせると言っています。雅楽寮の歌師が寮の職員でない人たちに教習を行っていて、教習を受けた人の中から寮の欠員を補充するときがあったわけです。職員に欠員がなくても教習が行われていたのですから、ふだんから雅楽寮が一般の人たちに日本語の歌をうたう技能を普及し教えていたことが確かめられます。

この教習を受けたのはどんな人だったのでしょうか。第四章の4節で述べたように、伎楽の担当者は楽戸から採用されていました。娯楽的な芸能なので日ごろから特別な訓練が必要だったのでしょう。しかし、ほかの音楽は広く一般の人を対象にして採用しました。何度も紹介した『延喜式』の決まりに、「雑（種々の）楽師」の欠員は雅楽寮の「生徒（＝楽生）」と一般の「入色《にゅうしき》（役人になる資格の位をもつ人）」を対象にして技量の優れた人を選抜すると説明されています。歌人についてはとくに書かれていませんが、同じだったでしょう。歌女については「歌女者、取庶女容貌端正有聲音者充之」と書かれています。一般の人から顔と声の良さで選んだのです。次の節で述べるように、普通の役人たちのなかに音楽や舞いの技能をもつ人がいました。その技能を雅楽寮の教習で身につけた人もあったのではないかと思います。雅楽寮の職員を補充する候補者の育成も教習の目的の一つだったでしょう。そして、後に述べますが、『続日本紀』の養老五年の記事に、朝廷の中級の役人が以前は雅楽寮の職員だった可能性を示すことが書かれています。

そこで、雅楽寮がつくられたとき、どのような人が職員になったのかを見てみましょう。

『日本書紀』の天武天皇の四年（六七五）二月の記事に、

　勅、大倭、河内、摂津、山背、播磨、淡路、丹波、但馬、近江、若狭、伊勢、美濃、尾

張等国曰、選所部百姓之能歌男女及侏儒伎人而貢上

と書かれています。天皇が都の周辺の国々に歌のうまい男女や芸のできる人を選出して都へ来させるよう命じられたのです。目的や事情は何も書かれていませんが、儀式の音楽を整備するためでしょう。この「百姓（一般の国民）」の「能歌男女」が雅楽寮にあたる役所の「歌人、歌女」になったわけです。「侏儒」はピエロの役をする人、「伎人」は踊りながら演劇をする人ですから、雅楽寮の伎楽の担当者になることができます。

こうして集められた人のなかで、とくに技能の優れた人が正規の職員になり、候補のランクの人たちは楽戸になったのでしょう。しかし、楽戸にならず都にまとまって住んで音楽の仕事をしていた人たちもあったようです。稲垣彰氏が、「能歌」という氏族名を名乗る集団が八世紀に都にいて、天皇が行幸されるときに音楽を奏上していたという説を述べています（「二条大路木簡にみえる「能歌」について」『続日本紀研究』第三七七号二〇〇八年十二月）。警備の仕事のなかの儀仗の役割をしていたことになります。『日本書紀』の推古天皇の二十六年（六一八）八月の記事に高句麗の使節が「方物」を貢上したとあり、捕虜と弩と投石器と並べて「鼓吹」が書かれています。七世紀には軍楽が伝わっていたわけです。天武天皇十年（六八一）三月の記事には「天皇居新宮井上而試発鼓吹之声仍令調習」と書かれています。新しい

宮で鼓吹や発声の練習をさせたというのですが、これは、六年前に集められた人たちのなかに中国の鼓吹署にあたる儀仗の仕事の担当者がいたと解釈できるかもしれません。その人たちの子孫がこの「能歌」かもしれないと筆者は想像しています。

ところで、日本の雅楽寮の職員は一般の人から採用されたのですが、これは唐の制度とちがっています。唐の太常寺の役所の楽人たちは一種の奴隷の身分でした。戸籍に登録されず、普通の人たちが国民として持っているいろいろな権利を認められていなかったのです。もとは唐に征服されたほかの国の人だったり、政治的な事情で罪人とされた人たちが主でした。日本でも、それにならって、お寺の楽人には奴隷の身分の人たちがいたようです。

中国で楽人が奴隷の身分になったのは隋の時代から後です。六世紀に主に百済から日本へ伝えられていた音楽制度は、それより以前の仕組みです。前に述べたように、魏の時代には中国の古来の儀式の音楽が一度なくなっていました。隋の宮廷は、それを復元して整え直そうとしました。そのために、大業三年（六〇七）から六年（六一〇）にかけて、音楽の技能を持っている人たちを都の西安と洛陽に集め、国が管理しました。渡辺信一郎氏は「その結果、歴代楽人の太常への隷属と身分的固定化―賤民化が進行」したと述べています（前掲書、三一〇ページ）。六〇七年は、推古天皇と聖徳太子が遣隋使を送った年です。使節の小野妹子は、隋の返礼の使節裴世清《はいせいせい》と共に翌年に帰国し、半年後に裴を送ってまた隋へ行き、次の年に帰国しました。そのとき中国の情報を持ち帰ったでしょうが、まだ楽人たちの身分は奴隷に決まっていなかったはずです。

それで、日本の雅楽寮の楽人は、普通の人、歴史の用語で言うと「良民」から採用されました。楽戸も良民です。あるいは、お寺の楽人もはじめは良民だったのが、聖武天皇の外来と伝統の文化を区別する政策によって、唐の制度にならって奴隷の身分の人を楽人に育てるようになったのかもしれません。

雅楽寮が寮の外の人たちに教習を行っていたことと、その教習が楽戸でない一般の人に行われていたことを確かめました。寮の職員になろうとして教習を受けた人があったかもしれません。念のために述べておきますが、雅楽寮の職員の身分は高くなくて「師」が従八位上です。位階全体の下から六番目ですから、貴族が教習を受けて雅楽寮の職員になろうとしたとは考えられません。次の節にすすんで、貴族を含む一般の人たちに雅楽寮が教習を行っていた実情を見ましょう。

## 2　一般の人たちは音楽の技能をどこで身につけたか

雅楽寮の職員でなく楽戸でもない一般の人たちのなかに、人前で演奏のできる技能を持つ人がいたことが確実にわかる出土資料があります。長屋王家木簡の一つですから、七二〇年代です。

・雅楽寮移　長屋王家令所　平群朝臣廣足　右人請因倭儛
・故移　十二月廿四日　少属白鳥史豊麻呂　少允船連豊

「移《い》」は同等の役所の間で連絡をする公式の手紙のことです。上級の役所から下級の役所へ何かを伝える公式の手紙は「符《ふ》」と呼びます。その逆は「解《げ》」です。これは「移」ですから、当時の役所のランクで長屋王家の暮らしの事務を担当している家令所《かれいしょ》は雅楽寮と同等だったのです。長屋王は左大臣でしたし、奥さんは内親王でした。

手紙は出張の依頼で「雅楽寮から連絡。長屋王家令所あて。平群朝臣廣足。その人を倭儛のために請う。それで連絡する。十二月廿四日。この件の担当者は少属白鳥史豊麻呂、責任者は少允船連豊」と言っています。平群廣足《へぐりのひろたり》はふだん長屋王家で事務職員としてはたらいている人ですが、倭儛が上手で、そのために来てもらいたいと雅楽寮から呼び出されました。日付けが年末ですから、たぶん正月の儀式に備えて雅楽寮でリハーサルをするのでしょう。

廣足と同じように、ふだんは別の仕事をしている役人たちが、そのときそのときに頼まれて、いろいろな儀式でうたったり舞をしたり演奏したのだろうと筆者は考えています。先に第三章の2節で紹介した山垣遺跡の琴は、そういうときに役人の一人がひいたかもしれません。現代でも、ふだん事務や警備の職員をしている人が職場の祝いの席でうたう習慣になっていることがよくあります。

さて、この廣足は技能をどこで身に付けたかと言えば、家で上手な人からならったのかもしれませんが、どこかで教習を受けた可能性も考えられます。このような音楽の技能を持つ一般の人を政府が養成していたのが、先にあげた雅楽寮の「歌師」の仕事「臨時取有声音堪供奉者教」であり、その教習を受けて、頼まれると歌舞や演奏のできる人があちこちの役所にいたのではないでしょうか。そういう人たちが、いろいろな儀式で、雅楽寮や寺の楽人たちのほかに、上演を担当していたのでしょう。

次に、貴族たちが儀式の席でうたったり舞う技能を持っていたことのわかる例を見ます。第六章のおわりに紹介した『日本書紀』に書かれている天武天皇の葬儀は二年がかりでした。「慟哭」「誄」「発哀」の儀式と歌舞の奉納が何度も何度も行われて、持統天皇の二年の十一月に大内陵に葬るまで続きました。その十一月の儀式でも、供物の食事がささげられ、そのときに「楯節儛」が奉納されています。この舞は雅楽寮の職員でなく貴族たちが演じました。「楯伏」はよろいを着て刀と楯を持って舞う舞で、『令集解』に「楯臥儛十人。五人土師《はじ》宿禰等。五人文忌寸等。右著甲并持刀楯」と説明されています。土師宿禰氏と文《ふみ》忌寸氏をリーダーとする五人ずつが組みになって、楯を立てたり伏せたりして舞ったようです。その技能は、土師宿禰氏と文忌寸氏の家に伝えられていたと考えるのが自然でしょう。文忌寸氏の家から「倭琴師」が出ていたことも、ここでまた思い出しておきましょう。

続いて、『続日本紀』の天平勝宝四年（七五二）四月九日の東大寺の大仏開眼供養の記事を見ましょう。この日に、孝謙天皇が礼装をした皇族や貴族を引き連れて東大寺においでになり、僧が一万人参加する大儀式が行われました。その記事の音楽関係は、

既而雅楽寮及諸寺種々音楽、並咸来集。復有王臣諸氏五節久米儛楯伏踏歌袍袴等歌儛。東西発声、分庭而奏。所作奇偉、不可勝記

と書かれています。雅楽寮と大きな寺の楽人たちがこぞって参加して、種々の音楽を演奏しました。この儀式の場を理想の世界にするための公式の演奏です。そのほかに皇族や貴族た

ちがうたって踊り、声と演奏が会場一面に響きわたって、書きあらわせないないほどすばらしかったというのです。

皇族、貴族たちは伝統的な舞を上演しました。演目は五節、久米、楯伏、蹋歌、袍袴でした。それぞれ次のとおりです。「五節《ごせち》」は、五節の節会で舞う宮廷の舞で、女性が歌って踊ることになっていました。「久米」は久米舞です。後に詳しく述べるように、大伴氏が琴を弾き佐伯氏が刀を持って舞います。「楯伏」は前の段落に述べました。「蹋歌」は踏歌のことだと解釈されています。踏歌は第五章の4節で説明しました。「袍袴」はよくわかっていませんが、男の役人の着る服のことなので、それを着た男装の女性が舞う舞かと言われます（『新日本古典文学大系　続日本紀　三』岩波書店、一九九二年、四九九ページ補注）。このときの様子は第二章の2節で紹介した『東大寺要録』にも記録されていて、演奏に参加した人の数まで詳しく書かれています。「蹋歌」は男女あわせて百二十人という大集団がうたって踊りました。「楯伏」は普通十人で舞うのですが、このときは四十人だったと書かれています。記事のなかに「大歌女」が出てきます。久米舞は『古事記』の歌謡に含まれている「久米歌」をうたいながら演じたのでしょう。雅楽寮の歌女がそれをうたったのかもしれません。また、「妓楽鼓撃六十人平群野中財人等也」と書かれている「妓楽」は伎楽のことだと解釈されています。「財人」が何なのかわかっていませんが、「平群」「野中」は住んでいる土地か氏族の名だと言われます（新川登亀男『日本古代の儀礼と表現―アジアの中の政治文化』吉川弘文館、一九九九年、二八二～三ページなど）。雅楽寮の伎楽でなく民間の人が上演したことになります。これらの伝統的な舞や伎楽は、この儀式のなかでは正儀でなくアトラクションの部にあたるものとして、貴族たちや民間人が担当したのかもしれません。

この技能を、皇族、貴族たちは、どこでならっていたのでしょう。久米舞や楯伏舞は特定の貴族の家の持ち歌でした。土師氏、文氏、大伴氏、佐伯氏、それぞれの家に演奏の仕方が伝えられていて、一族のなかのよくできる人から教えられていたのでしょう。ほかの演目も家で教えられていたと考えておかしくありません。都の周辺から来た六十人の人たちが伎楽を演じ鼓を打ちました。その一族のなかに上演の仕方が伝えられていたのでしょう。このように、儀式の音楽の演奏の仕方には家に代々伝わる「家伝《かでん》」がありました。

しかし、技能をもっと高めるために専門家から教習を受ける機会があったと想像しても不自然ではありません。歌の教習が、貴族たちに対して行われたと解釈できる『万葉集』の記事があります。

『万葉集』巻六の一〇一一～二番目の和歌は、「歌儛所」の皇族や大臣の子たちが葛井《ふじい》連広成《ひろなり》の家に天平八年（七三六）の十二月に集まって宴会をしたとき披露されました。題の後にこの歌がつくられた事情を説明した漢文が付いています。

冬十二月十二日歌儛所之諸王臣子等、集葛井連広成家宴歌二首

比来古儛盛興、古歳漸晩。理宜共尽古情、同唱古歌。故擬此趣、輙献古曲二節。風流意気之士、儻有此集之中、争発念心々和古体。

わがやどの梅咲きたりと告げ遣《や》らば来《こ》と言ふに似たり散りぬともよし

（我家の梅が咲いたと知らせてやると来いと言うようなものだ。散っても良い（知らせたりしないから））

春さればををりにをゐり鶯の鳴くわがしまぞ止まず通はせ

（春になったから梅が咲きに咲きうぐいすのなくわが庭ですよ。通い詰めてください）

この題にある「歌儛所」は正体が確かめられていません。雅楽寮の別称か、あるいは平安時代の大歌所の前身にあたるか、などと言われています。荻美津夫氏は、この歌儛所を「諸王臣子らがわが国の古歌舞を余興的に教習するための、雅楽寮とは別個な、しかし大歌所のような正式なものではなく準公的なもの」（前掲書二四八ページ）「官人貴族らは歌垣において唱和できるような、あるいはまたそのほかの日本古来の歌舞を教養的に身につけていた」そ

のための「日本古来の歌舞を教養的に教習させ」「常設的な、しかし準公的な音楽機関」（同二四九ページ）であると述べています。

教習を行った趣旨が「余興的」だったとは筆者は思いません。儀式でうたったり舞う技能は、役人や貴族たちに「必要な教養」だったと考えています。しかし、歌儛所が準公的な機関であったと考えるのには賛成です。大歌所の楽人は、雅楽寮と違って、ふだんはほかの役所で仕事をしていて、節会のときに集められて演奏しました。この事情が歌儛所につながります。歌儛所を正式の役所にしたのが大歌所だった可能性が大きいと思います。

先に述べたとおり、雅楽寮の職員の身分は高くないので、題に書かれている「諸王臣子等」は歌舞を仕事にしているのではありません。何かの事情で「歌儛所」に所属しているのです。教習所で歌と舞をならっているという意味に解釈するのが自然でしょう。前に述べたように貴族の家に伝わっている持ち歌がありますから、家で一族の人から歌や舞をならうこともあったはずですが、この人たちはそのほかにここで教習を受けていたのです。

さて、一〇一一〜二番目の和歌に付けられた漢文では「近頃、古い舞が盛んになり、この年が暮れようとしている。だから、共に古い心を出しつくし一緒に古い歌をうたおう。そこで、この趣旨に従ってここに古い曲二節を献上する。風流で心意気のある男性がこの集まりに参加しているのなら、競って思っていることを発表し、それぞれに、古いうたい方に合わせてうたってほしい」と言っています。「古」という字を掛けことばのように語呂あわせをした文章ですが、「古儛」「古歌」「古曲」「古体」の「古」とはどのようなことをさしているのでしょうか。

林屋辰三郎氏は、この「比来古儛盛興」について「雅楽寮が主として教習の対象としている東洋的楽舞に対する、日本的歌舞を指している」（『中世芸能史の研究』岩波書店、一九六〇年、一九七ページ）と解釈し、具体的には久米舞、五節舞、楯節舞、筑紫舞などだと考えています。荻美津夫氏は、「雅楽寮において教習されている儀礼的なものをいうのではなく、それ以外の地方において伝習されていた歌舞、あるいは宮廷にも伝えられていた風俗の歌舞、たとえば難波曲・浅茅原曲・広瀬曲・八裳刺曲などのこと」（前掲書二四八ページ）と考えています。どちらとも筆者の考えはちがいます。前に見たとおり、八世紀はじめの雅楽寮が仕事にしていた儀式の音楽のなかで、日本の歌舞の担当者が先にあげられていますから、林屋氏の「主として教習の対象としている東洋的楽舞（傍点は筆者）」では逆です。そして、前の節で紹介したように「日本的歌舞」を担当する歌人、歌女の教習が実際に行われていたのでした。

また、荻氏は儀式用でなく地方や風俗の歌舞と考えていますが、歌儛所が「準公的な音楽機関」であったとすると論理矛盾になります。

ここまで考えてきたように、形式を整えた日本語の歌をうたい舞をすることは、役人たちが儀式のために身につけておくべき技能の一つでした。節会などの宴席で詩歌をうたうのは常のことでしたし、雅楽寮の楽人が来ない儀式では一般の人たちが上演したのです。この宴席を主催した葛井連広成は、百済系の渡来人で『懐風藻』に漢詩が収められています。天皇に「作歌并賦詩」と命ぜられたときは日本語の歌も漢詩もつくる能力があった人です。そういう人たちが、教習を受けてうたい方や舞の技能をみがいていたわけです。

この「古」は「伝統的な演奏方法」の意味であると筆者は解釈します。七三〇年代は聖武天皇の唐風化政策がはじまった時期です。唐から来た新しい「外来」文化と、七世紀までに日本にあった「伝統」文化とを区別しはじめていました。『日本書紀』の巻三に出てくる歌謡七番がこれまでにも出てきた久米歌ですが、「うだの高城に鳴わな張る…」という歌句の後に「是謂来目歌。今楽府奏此歌者、猶有手量大小、及音声巨細。此古之遺式也」と書かれています。「楽府」は中国の役所の名ですが、ここでは日本の雅楽寮のことです。この久米歌を雅楽寮で演奏するとき、舞うときの手の動かし方の大小と歌声や囃しの音量を大きくしたり細くしたりする決まりがあり、それは古くから伝えられている演奏の仕方だというのです。『万葉集』の右の歌に付いている説明の「古」も同じ意味に解釈するのが良いでしょう。漢詩のうたい方や外来の音楽に対して、伝統的な演じ方ということです。歌儛所で皇族や大臣の子たちがそれをならっていて、師走に葛井広成の家で開かれたこの宴会で教習の成果を披露したわけです。

では、その教習を施した先生は誰だったのでしょうか。この後に『続日本紀』の養老五年（七二一）の記事について詳しく説明しますが、そこに「倭琴師」が出てきます。雅楽寮の職員でなく、一般の中級役人の身分の人です。それについて、荻美津夫氏が「和琴師というのは歌儛所に属し諸王臣子らに和琴を教えていたことが考えられる」（前掲書二四八ページ）と述べています。ふだんは別の仕事をしていて歌舞や演奏のうまい人が、頼まれて歌儛所で先生になっていたということでしょうか。そういう場合があったと筆者も思います。また、伝統的な演奏の仕方を学ぶのなら、雅楽寮から職員に来てもらって歌や演奏の技能の教習をうけたとしても不思議ではありません。皇族や貴族の子たちが雅楽寮へ行って教習を受けても良いのですが、先に述べたように歌師の身分が従八位上ですから、先生に寮の外へ出張してもらうのが自然でしょう。

「仏前唱歌」をうたい伴奏した貴族たちは、このように、それぞれの家に伝えられている持ち歌を一族のなかのうまい人にならっている上に、歌儛所でさらにすすんだ教習を受けて、儀式でうたい演奏し舞をする技能を身につけていたのではないでしょうか。

### 3　うたう曲目を収集、整理、保存し利用していた

うたったり演奏したり舞う技能をならった様子を見ましたが、演奏する曲や歌詞はどのようにして用意されたのでしょうか。

養老令の雅楽寮の職員には、「歌」を収集したり、創作したり、記録・保存などの仕事をする担当者が書かれていません。しかし、うたう仕事をする役所が、うたう素材を扱わないはずはありません。雅楽寮で日本語の歌をつくったり集めて、整理、保存していたと考えるのが自然です。この後に述べますが、八世紀前半に歌を集めた本がつくられていて『万葉集』を編纂する材料になったようです。その素材になった歌たちのなかに、雅楽寮に保存されていたものもあったでしょう。まとめて紙に清書して本にする前に、歌句を木簡に書いて保存していたかもしれません。あまり知られていないことですが、神雄寺跡から出土した「阿支波支乃…」と書いた木簡の裏側は、上の端がJの形のように削りこまれています。重

ねてしまっておいた木簡のなかから一つを取り出しやすくするため、現代で言うインデックスではないかと筆者は考えています。

さて、前の節に出てきましたが、古代中国に楽府《がふ》という役所がありました。後の時代の太楽署にあたります。前漢の時代、紀元前百年頃に武帝が設けたということになっていますが、最近の研究では実際は紀元前三世紀にはあったと言われています。秦の始皇帝の陵の近くで掘り出された鐘に「楽府」と刻まれていたそうです（吉田文子「民間楽府における表現形式とその機能について」『お茶の水女子大学中国文学会報』二〇〇四年四月に引用されている寇效信「秦漢楽府考略」『陝西師大學報』一九七八年第二期の報告）。楽府は、国の祭りや宴会の音楽を用意し、演奏し、演奏者を育てながら、その材料にするための曲を全国から集めていました。日本の雅楽寮も、楽府と同じようにしていたでしょう。たとえば、何度も取り上げた久米歌の素材は、たぶん久米一族がうたい伝えていた狩猟のうたです。それを神武天皇の戦闘の場面にあてはめてつくりかえたのでしょう。

「楽府」という語は、役所の名から、その役所がうたい伝える形式の漢詩をさしても使われるようになります。三世紀になると古い曲に新しい歌詞をつけたり古い曲をまねて創作したりしました。それらも含めて楽府と呼んだのです。楽府の語句は、普通の文に近くて、決まった字数で語句をまとめて韻を踏む形式になっていませんでした。楽府と同じくらい古い時代の漢詩を集めた『詩経』の漢詩は、一句が四字または六字です。また、『千字文』は中国の梁《りょう》の時代、六世紀につくられた習字の教科書ですが、四字の二百五十句をとなえながら漢字を千字おぼえる仕組みになっています。これも奈良時代の役人たちが必ず学んだ本の一つです。『古事記』『日本書紀』の歌謡のなかで神の時代のものは、四字または六字またはそれをあわせた十字で歌詞がひとまとまりになっているときがあります。

しかし、七世紀に隋や唐の制度にならって儀式でうたう日本語の歌の形式を整えたとき、五七五七…になりました。中国では、五字の句で構成する漢詩が二、三世紀にできて五、六世紀には主流でした。七世紀のはじめには七字の句で構成する漢詩が完成しました。それをまねたのでしょう。雅楽寮は、そのようにして民間から採集して整えたもの、七世紀以来のいろいろな儀式用に創作したものなどを集めて、整理、保存していたと想像できます。

整理、保存された歌たちは、宴席で披露する歌をつくるときに、見本として利用されたのだろうと筆者は考えています。「人麻呂歌集」を例にして述べましょう。『万葉集』のなかに「右、柿本朝臣人麻呂歌」「右、柿本朝臣人麻呂之歌集出」などという注記の付けられたものがたくさんあります。これを根拠にして、『万葉集』ができる前に柿本人麻呂の作を集めた歌集があり、編纂するときにそれを利用したと多くの学者が考えています。

本当に「柿本朝臣人麻呂歌集」にあたる本があったとして、その歌の全部が『万葉集』にも収められたわけではありません。巻十五に「遣新羅使歌群」という名でまとめられた和歌たちがあります。天平九年（七三七）に新羅へ派遣された使節が旅の途中でうたったもので、日付の順に配列され、どんなときうたったのか、それぞれに説明が付いています。そのなかの三六〇六番目から後の五首がここで考える問題の根拠になります。これらの五首には作者の名が書いてありません。そして、それぞれ「柿本朝臣人麻呂歌曰…」ではじまる注記が左に付いています。注記で説明しているのは、歌句の一部分が「人麻呂歌集」では違った語句になっているということです。

たとえば三六〇七番目は、「柿本朝臣人麻呂歌」では初句の「しろたへの」が「あらたへの」に、三、四句の「いざりする海人とや見らむ」が「すずき釣る海人とか見らむ」になっていると書かれています。『万葉集』のほかの巻に入っていて人麻呂の作になっている和歌と見比べると、実際にその歌句の和歌が出てきます。巻三の二五二番目です。「柿本朝臣人麻呂羈旅歌八首」という題の和歌の一つで、これも旅先でうたった「羈旅《きりよ》歌」です。そしてその二五二番目には「一本に云く、しろたへの藤江の浦にいざりする」という注記が付いています。これは巻十五の三六〇七番目と同じになります。三六一〇番目の場合は、初句の「武庫の海の」と第三句以下の「いざりする海人の釣舟波の上ゆ見ゆ」が、「柿本朝臣人麻呂歌」では「飼飯《けひ》の海の」「刈り薦の乱れて出づ見ゆ海人の釣舟」になっていると書かれていて、それは巻三の二五六番目と同じになります。しかし、二五六番目に付いている「一本云」では、第一、二句が「武庫の海舟庭ならし」となっていて、三六一〇番目とは違います。このように、巻十五のここには「人麻呂歌集歌」の語句を少しずつ変えたものが、名のわからない作者のものとして収められているわけです。

この事情は次のように説明するのが良いでしょう。使節団のなかの下級役人たちは「人麻呂歌集」に入っていた歌の替え歌を、そのときそのときにうたったのです。二五六番目と三六一〇番目のような関係について、第二章の3節で述べた仮説をあてはめることもできますが、この場合、はじめから場所や事情によって適当に語句を入れ替えてうたうことになっていたと考えることもできます。むしろその方が説明として合理的でしょう。たとえば、これらの前の三六〇五番目の「わたつみの海に出たる飾磨川絶えむ日にこそ我が恋やまめ」は「恋の歌」ですが、地名の「飾磨川」を取り替えれば、ほかの川に行った場合にうたっても通用します。これらの後に続く三六一一番目は、「七夕歌一首」という題で一首だけぽつんと配列されています。左に「右柿本朝臣人麻呂歌」という注記が付いていますが、『万葉集』のなかに人麻呂の作として出てくる似た歌句の和歌がありません。もとの歌が『万葉集』には人麻呂の作として採用されなかったか、その役人が語句を大きく取り替えてうたったので、似た歌句にならなかったのでしょう。

雅楽寮は、七世紀以来いろいろな儀式や宴席でうたわれた日本語の歌を集めて、整理、保存して演奏できるようにしていたのでしょう。そして、雅楽寮の職員以外の人たちに施していた技能の教習で、こういう席でうたうときには、このような類型で歌詞をつくると教える教材として使ったのではないでしょうか。それをならった使節団の役人たちは、旅の途中、節目ごとの宴などで、その歌句をもとに、そのときそのときの状況や場所に応じて、語句を少しずつ取り替えてうたったのでしょう。この考え方があたっているとすれば、「人麻呂歌集」は「儀式・宴席用模範歌句集」だったということになります。この新羅使節団の大使だった阿倍継麻呂《あべのつぎまろ》や副使たちのつくった和歌には、作者の名が書いてあって「人麻呂歌集」との関係がありません。大使や副使たちは日本語の歌を自分でつくりなれていて、「人麻呂歌集」の替え歌をうたってすまさなくても良かったのです。

この機会に筆者がさらに想像をふくらませていることを述べておきます。ふだんは事務などの仕事をしている役人たちのなかで歌舞のうまい人が指名されていろいろな儀式でうたったり演奏していました。そのなかで名人として知られていたのが、『万葉集』に「柿本人麻呂」「山部赤人」として出てくる人たちなのでしょう。今までの研究では、この人たちは一人の個人であるという前提でものを考えてきました。しかし、『万葉集』にこの人がつくったと言われる和歌が収められていて、平安時代から後に歌人として有名ですが、八世紀までの歴史資料に全く出てきません。山上憶良や大伴家持は実在の人物で『続日本紀』にも記録があります。しかし、柿本、山部という姓の人で、この歌人にあたりそうな人はありません。『続日本紀』は高い位の人たちの行動を記録しているので記事にのらなかったとも考えられますが、功績があれば位の低い人ものります。歌の方面で大きな仕事をしたように見える人たちが全く書かれていないのは不自然ではないでしょうか。実は個人ではないのか、あるいは、本名ではないのかと疑いたくなります。あえて言うと、「柿本人麻呂」「山部赤人」は、一人の個人でなくて良いのです。現代でも伝統芸能で一つの名人の名を襲名して名乗るように、「人麻呂」「赤人」とは「歌の名人」をさしていたかもしれないとひそかに筆者は考えています。

## 4　和琴の技能はどのようにして身に付けたか

先に第四章の終わりで述べたように、唐や朝鮮半島から来た舞楽の琴とちがって、日本の歌舞を伴奏する和琴は一般の人もひけたはずです。しかし、そうだとしても、儀式の席で演奏するには技能をみがく必要があり、前に述べたように、そのための教習や練習が行われていたはずです。この節では、琴をひく技能の教習について筆者が今のところ気付いていることを述べます。

前にも取り上げた『令集解』の雅楽寮の説明の文章のなかに、

今有寮儛曲等如左。久米儛。大伴弾琴。佐伯持刀儛。即斬蜘蛛。唯今琴取二人。儛人八人。大伴佐伯不別也

と書かれたものがあります。七三〇～四〇年ころに雅楽寮の大属《さかん》だった尾張浄足《おわりのきよたり》の説です。伎楽を担当する「腰鼓師」の後に書かれた説明ですから、「歌人」「歌女」のうたった歌の伴奏とは別です。この後には、五節儛をはじめとする日本の伝統的な舞の編成が同じように書かれています。大伴氏がひく「琴」は、久米舞ですから、和琴だと考えるのがすなおでしょ

う。以前は大伴氏が琴をひき佐伯氏が蜘蛛を斬る動作をして舞ったのを、今は氏にかかわらず琴が二人、舞が八人の編成で上演するというのです。この説明によると、大伴の家にかつては久米舞の伴奏の琴をひく技能が伝えられていたことになります。そして、今は氏にかかわらず琴をひく担当者が二人、ということは、このころには大伴氏の家伝以外のところで琴の技能を身につけることができたわけです。どこでならったのかと言えば、雅楽寮でうまい人にならったのでしょう。雅楽寮の職員になる前には、歌儛所や一族のなかの名人にならうことがあったかもしれません。

雅楽寮の外で琴の指導が公的に行われていた様子のわかる資料があります。前にも取り上げた記事です。『続日本紀』の養老五年（七二一）正月に、天皇の命令で、とくに学業に優れ、先生になる力のある人たちを選んで、褒美を与え模範として励ましました。儒教の学問に優れた「明経第一博士」として鍛冶造《かぬちのみやつこ》大隅《おおすみ》と越智直《おちのあたい》広江《ひろえ》を最初に書き、以下、明法、文章、筭（＝算）術、陰陽、医術、解工の学問に優れた人を列挙しています。これまでに紹介した箭集宿禰虫麻呂、山田史御方、吉田宜などもこのとき表彰を受けました。

詔曰、文人武士国家所重、医卜方術古今斯崇宜擢於百僚之内、優遊学業、堪為師範者特加賞賜、勧励後生。因賜明経第一博士従五位上鍛冶造大隅、正六位上越智直広江、各絁廿疋、糸廿絢、布卅端、鍬廿口。…

その後に続けて音楽関係の功労者たちが列挙されています。

…倭琴師正七位下文忌寸広田、唱歌師正七位下大窪史五百足、正八位下記多真玉、従六位下螺江臣夜気女・茨田連刀自女、正七位下置始連志祁志女、各絁六疋、糸六絢、布十端、鍬十口…

前にも述べたように、『続日本紀』は五位以上の位の高い人たちが何をしたかを記録した本ですが、八位から六位のこの人たちは功績が抜群だったのでとくに記録されました。記多《きたの》真玉《またま》は天平十七年四月の記事に出てくる託陁《たくたの》真玉と同じ人の可能性がありますが、そのほかの人は歴史の記録に再び登場しません。歴史上では無名の人たちです。

この記事から重要な情報がいくつも得られます。まず、歌をうたうことと和琴の演奏とがひとまとまりのことがらだったとわかります。この琴は「倭琴」と書かれているので日本古来の琴です。そして、「倭琴師」が「唱歌師」より前に書かれていますから、その役割は単なる伴奏ではなかったはずです。現代で言う指揮者か音楽監督にあたる役割だったかもしれません。しかも、文忌寸《ふみのいみき》広田は渡来系の家系です。天武天皇の十四年（六八五）に連《むらじ》から忌寸《いみき》のかばねになった一族で、応神天皇のときに中国から移住してきたと称していました。

実際には朝鮮半島の伽耶地方から来た人たちの集団かとも言われます。これまでに繰り返して述べたとおり、日本列島に古くからあった琴は、朝鮮半島から渡来した理論と技術によって改良されて、儀式で演奏するのにふさわしい性能になったのでした。そのように改良された和琴を演奏する理論と技能は、八世紀のはじめまで、渡来系の氏族が中心になって伝え開発していたわけです。その和琴を伴奏にして日本語の歌がうたわれたのです。

次に、この人たちの身分をみると、養老令で定められた雅楽寮の「師」が従八位上ですから、広田をはじめどの人もそれより位が上です。ふだんは事務や庶務をしていた人たちでしょう。五位から上が上級の役人になるので、六、七位は現代なら中間管理職の地位です。女性たちはたぶん女儒《にょうじゅ》です。前に倭舞の平群廣足を例にして述べたことを思い出しましょう。確かめることはできませんが、この「唱歌師」たちのなかに、以前は雅楽寮で「歌師」を務めていた人が含まれている可能性もあります。この章のはじめに紹介した『延喜式』の「楽師」の欠員の補充には一般の人も候補者になるという記事を思い出しましょう。あるいは、雅楽寮の職員でなく、優れた技能を持っていて、そのときそのときに頼まれて演奏したり、歌儛所で後進の指導にあたったりしていた人たちかもしれません。前に述べた、ふだんは別の仕事をしている役人たちが歌舞を演じたという事情を裏付ける根拠になります。

そして、この「倭琴師」「唱歌師」たちの技能と教育にたてた功績は、法律や科学技術や医学と同じくらいに、大和朝廷にとって重要だったのです。日本語の歌は儀式を行うために必要だったからですが、その上演を、雅楽寮の職員だけでなく、ふだんは音楽以外の仕事をしている人たちが行っていたわけです。ここで表彰された人たちの指導を受けてうたったり演奏した人の範囲は、現代の私たちが想像する以上に広かったと考えて良いでしょう。僧尼令や学令で琴をならうのを認めていることがその事情とつながります。役人たちは和琴を身近に置いてふだんから練習していたのではないでしょうか。

# 第八章　儀式の音楽の歌から文学作品の和歌へ

八世紀のはじめに朝廷が整えていた音楽制度のなかでは、日本語の歌が儀式の要素の一つでした。八世紀の中ごろから後には伝統のある儀式や神事でうたうものになり、唐風の儀式や公式の仏教供養ではうたわなくなりましたが、皇后の主催する仏教供養のような準公式の儀式ではうたわれ続けました。役所の儀式でうたうことも続いていたと筆者は考えています。和琴で伴奏し、その席に歌句を書いた大型の木簡が飾られるときがあったでしょう。「仏前唱歌」、神雄寺、そして、第三章2節で紹介した山垣遺跡の役所で行われた儀式と同じように。

この本の最後に、それが歴史でいつまで続いたかを見ましょう。時代は八世紀から九世紀にあたります。九世紀は、前後の二つの世紀に比べて、残っている文献資料が少ない時代なので、出土資料を主な手がかりにします。述べようとする趣旨をひと口に言えば、木簡に万葉仮名で書かなくなったとき、日本語の歌は和歌になったのでした。

ここまで儀式の日本語の歌について考えてきましたが、うたは、もともと人の意志や感情を伝えるものです。個人のつくったうたが、多くの人にいつもうたわれるようになれば民謡になり、さらに形式を整えて祭りや儀式のための歌になります。日本に古くからあった「うた」を整えて、儀式用の日本語の「歌」をつくったときも同じだったでしょう。そして、儀式用に整えられた歌の形式が普及すると、その形式で個人の意志や感情を表現することがあっても不自然はありません。念のために述べますが、儀式用の形式を使って個人的なことがらをうたうようになると言っているのではありません。個人の意志や感情をうたって表現するのは常のことで、そのために日本語の歌をつくるときの形式として、儀式用に整えられた形式を使うようになるのです。八世紀の中ごろを過ぎると、儀式でうたうために五七五七…の形式に整えた歌は、日本の伝統文化だと意識され、雅楽寮やお寺の楽人だけでなく、多くの一般の人たちがうたっていたのですから、その歌の形式を私的な用途に転用するのは自然なことだったでしょう。

個人的なことがらをうたった例になりそうな八世紀中ごろの出土資料があります。平城宮の東南隅の溝から出土した木簡の一つに「玉《たま》尓《に》有《あら》皮《ば》手《て》尓《に》麻《ま》伎《き》母《も》知《ち》而《て》伊《い》…」と書かれています。流れてきたものなのでつくられた年代を確定できませんが、天平十九年（七四七）と書かれた木簡が同じ溝から出土しています。長さは一尺くらいですから儀式用の形式の木簡ではありません。万葉仮名で書かれたところを平仮名になおすと「玉に有（ら）ば手にまきもちて、い…」になります。現代の漢字仮名交じり文と同じ書き方です。この語句は、離れがたい気持ちをあらわす決まり文句で、『万葉集』では、人と人の愛をうたう「相聞」にも弔いの「挽歌」にもよく使われています。この木簡が書かれた用途は、旅立つ人を送ったり亡くなった人を送る儀式のためだったかもしれませんが、恋文の可能性も想像できます。

八世紀の後半には、詩歌をつくりうたう私的な席で大型の木簡を使った例があります。平城宮東院地区から出土した奈良時代後期の木簡「目毛美須流ㇾ安保連紀我許等乎志宜見賀毛美夜能宇知可礼弖」は「目も見ずあるほれきが言《こと》を繫みかも宮の内《うち》離《か》れて…」のように読めます。物差しを再利用した材の表側だけに一行で書かれています。全体の長さを復原すると二尺半になります。席に飾ったりかざして見せたのでしょう。冒頭の「目」は訓よみで、それ以外は一字一音式の万葉仮名ですが、「保連紀《ほれき》」「許等《こと》」「宜《げ》」「能《の》」のように、木簡には普通使われない字体を使っています。この文字遣いは『古事記』『日本書紀』の歌謡や『万葉集』のなかの一字一音式表記の和歌に似ています。歌句の意味はよくわからないところもありますが、「許等乎志宜見《ことをしげみ》」が「言を繫み」であるなら、『万葉集』では、恋仲の男女が人の噂になるので会えない心情をあらわす語句としてよく使われています。その後の「美夜能宇《みやのう》知可礼弖《ちかれて》」が「宮の内離《か》れて」で、宮の外でひそかに会うことを言っているとすれば、この歌句は公の儀式の席でうたうには向いていません。文学の好きな貴族たちの宴席で披露された作品でしょう。二〇〇七年度の木簡学会研究集会の討論で、多田伊織氏が、この歌は『玉台新詠《ぎょくだいしんえい》』という本の影響を受けた可能性があると発言しています。中国で六世紀に編集された漢詩集で、こうした男女の情愛をテーマにした作品を主に収めています。その表現が日本の『万葉集』に大きな影響を与えたと言われています。

その一方、九世紀に入っても、役所の儀式で日本語の歌をうたう伝統が残っていたようです。富山県の東木津《ひがしきづ》遺跡から出土した「難波津の歌」を書いた木簡は、長さが二尺で万葉仮名一行書きですから、儀式のためにつくられたものです。同じ遺跡から、人の形の木製品や神にささげる斎串《いぐし》などが発掘されています。木製品のなかに琴形のものもあります。儀式で琴の伴奏で「難波津の歌」をうたったと考えて良いでしょう。時代は九世紀後半から十世紀前半のものと推定されていますから、延喜五年（九〇五）に『古今和歌集』の編集がはじめられたのと同じころです。書かれた字には平仮名に近い形も混じりますが、全体としては漢字で書いた印象です。仮名の発達の歴史上では、そのころには万葉仮名から平仮名への脱皮がはじまっていますが、木簡に書かれる字は漢字の字の形からなかなか抜け出ません。

二〇〇二年に富山県赤田《あかんだ》I遺跡から出土した九世紀後半の杯には、多くの平仮名が墨で書かれています。鈴木景二氏は、そのなかの「奈尓波」を書きくずした字は「難波津の歌」の冒頭の可能性があり、ほかに「ささつき（酒杯？）」「…ひつつ」なども歌句の一部ではないかと解釈して、三月三日の曲水の宴のときのものかという説（「平安前期の草仮名墨書土器と地方文化―富山市赤田Ⅰ遺跡出土の草仮名墨書土器」『木簡研究』第三十一号、木簡学会、二〇〇九年）を出しています。そうだとすれば、曲水の宴のはじめに「難波津の歌」をうたい、その後にほかの歌をうたったことが想像できます。書かれた字は平仮名の形に近付いています。土器に墨で書かれた仮名は木簡より早くから曲線的になります。スペースの関係もあるでしょうし、紙が使えるときは平仮名に近い字で書いていたという事情がたぶんその背景にあったでしょう。

　そのころになると、儀式とは関係がなく、個人と個人との贈答としてうたった様子を示す資料があります。その歌はもう和歌になっていると言って良いでしょう。二〇一一年に平安京の右京三条一坊六町の藤原良相《よしすけ》の邸宅跡から出土した土器の皿や杯や合子《ごうし》（小型の容器）の蓋には、平仮名がびっしりと書かれています。平仮名の特徴の「連綿《れんめん》（＝続け書き）」も見られます。書かれた文字のなかに「ひとにくし（人憎し）」「いくよ（幾世）」のような和歌の語句らしいものもあります。良相は八六七年に亡くなった人です。

　一九九七年に京都市上京区下立売通の発掘で出土した十世紀前半の杯の破片には、隅に「いつのまにわすられにけむ　あふみちはゆめの□□かは□□なりけり」という平仮名が書かれています。「いつのまに…忘る」という語句と、「逢ふ道」と「近江路」を掛けことばにする表現は、恋の歌の特徴です。とくに杯の隅に歌句が書かれているのは面白いことです。

『万葉集』の巻四の七〇七番目の和歌、

思ひやるすべの知らねば片埦《かたもひ》の底にぞ我は恋ひなりにける

（思いを伝える方法がないので杯の底で私は恋している）

に「注土埦之中」という注が付いています。この歌句は杯の中に書かれていたというのです。『伊勢物語』六十九段には、男と会えなかった女が、杯に「かち人の渡れど濡れぬえにしあれば」と和歌の前半を書いて送り、男が「また逢ふ坂の関は越えなむ」と後半を返した話しが出てきます。そのように、八世紀から、秘かに男女の思いを伝えるとき、杯の中に歌を書いて送る習慣があったわけですが、この杯は実際の例ということになります。

二〇一五年には、「難波津の歌」のほぼ全文を仮名で書いた九世紀末の木簡が、左京四条一坊二町跡から出土したと発表されました。その解読と性格についての研究はこれからですが、儀式用でないのは確かです。歌句の次の行に散文が書かれているからです。その文章は『古今和歌集』の編集作業に関係があるのではないかと筆者は考えています。「…客人、姿ぞ得てはべる」とよめる字句があり、これは「外国から来た人（＝和邇）が詠んだこの歌は内容も言葉遣いも優れている」という意味に解釈できます。この批評は『古今和歌集』の仮名序で「難波津の歌」について述べていることにつながると思います。第五章の4節で紹介したように、「難波津の歌」は、百済から来て漢学を日本に伝えた和邇がつくったと言い伝えられていました。そして、漢詩の理論で言う「風」を日本語で実現した和歌の代表として取り上げられていました。九世紀に、それまでにつくられた日本語の歌のなかの名歌を批評する活動が行われ、それを木簡などに記録した資料があって、『古今和歌集』を歌学者たちが編集したとき、利用したのではないかと想像しているのです（拙稿「（史料散歩）平安京出土「難波津歌」木簡の価値」『日本歴史』第八二四号、二〇一七年一月）。それがあたっているとすると、このころには、日本語の歌は、学問や文芸活動の対象、つまり、文学作品としての和歌になっていました。

以上に見てきたところをまとめると、「難波津の歌」をはじめとする日本語の歌を儀式の音楽としてうたったのは九世紀まででした。九世紀は、聖武天皇のはじめた「外来」と「伝統」の文化をそれぞれに整える政策が、百年をかけて形になり定着する時代だったのです。九世紀の後半から、歌句を紙に平仮名で書くようになるとともに、日本語の歌は和歌になりました。個人と個人との贈答や歌合せなどの社交の席でうたわれ、また「日本古来」の文学と意識されて文芸活動の対象になります。それでもなお、儀式用だった性格が現代にまで受け継がれています。かるたとりの会のはじめに、百人一首にない「難波津の歌」をうたう風習は、その伝統の一つです。

この本の趣旨は、二〇一〇年五月二十二日に「もう一つの万葉の里—木津川市から—」講演会（於加茂文化センター（あじさいホール）主催／京都府立山城郷土資料館、平城遷都一三〇〇年祭・第二六回国民文化祭木津川市実行委員会）で「儀式と歌木簡」という題で筆者が述べた内容をもとにしています。その席では考え方の筋だけを述べたのですが、日本語の歌を書いた木簡を飾ってうたう場を再現しようとすると、祭りの仕方や音楽の制度や演奏などについていろいろなことを知った上で考えなくてはなりません。日本語の研究者である筆者にとって専門外のことがらなので、管見の及ぶ限りで勉強し、多くの方々にお教えを受けながら準備をすすめて今までかかりました。とりわけ和琴に関する知見については、安土城考古博物館（当時）の大橋信弥氏から多大の御厚意を頂戴しました。ここに特記して感謝申し上げます。和琴関係の基本文献を御提供いただいた奈良文化財研究所（当時）の深沢芳樹氏にも紙面を借りて御礼申し上げます。

二〇一七年五月

犬飼　隆

## 美夫君志リブレに寄せて

いうまでもなく、万葉集は日本が世界に誇り得る偉大な文化遺産である。千二百年という時代を経て、日本のみならず、世界の主要な言語に翻訳されて世界の人々に読まれている文学は他にあるであろうか。まさに「古今東西」の人々に愛されているのである。

美夫君志《みふくし》会は、その万葉集を勉強する会として名古屋の地に呱々の声をあげてから、六十年という年月が経った。初代会長松田好夫先生は、「万葉開放」をこの会の基本姿勢として掲げ、万葉集を研究し、それをより多くの人々に提供することが美夫君志会の使命であるとされた。この「研究」と「開放」を柱に、美夫君志《みふくし》会は活動を続けてきた。六十周年を記念して、新しい活動の分野を求めて、「美夫君志リブレ」の刊行を計画した。万葉集の心を伝える「新書」の刊行は、日本の文化活動に大きく寄与することが出来ると確信している。

万葉人は、われわれに語りかけて止まない。それを受け止め、心豊かに生きる糧とするため、万葉集をより深く知り、より広い人々のものとする「美夫君志リブレ」が多くの人々に愛読されることを願ってやまない。

一九九九年九月七日

美夫君志会名誉会長　加藤　静雄

**犬飼　隆**（いぬかい　たかし）

1948年　名古屋市に生まれる
1977年　東京教育大学大学院博士課程単位取得退学
現　在　美夫君志会理事，博士（言語学）
著　書　『上代文字言語の研究』（笠間書院，1991年【増補版】2005年）
『文字・表記探求法』（朝倉書店，2002年）
『木簡による日本語書記史』（笠間書院，2005年【増訂版】2011年）
『漢字を飼い慣らす』（人文書館，2008年）

はなわ新書　084［美夫君志リブレ］

**儀式《ぎしき》でうたうやまと歌《うた》**—木簡《もっかん》に書《か》き琴《こと》を奏《かな》でる—

2017年７月20日　初版１刷

著者
犬飼　隆

発行者
白石タイ

発行所
株式会社塙書房
〒113-0033　東京都文京区本郷６-８-16
電話番号　03-3812-5821（代表）　FAX　03-3811-0617
振替口座　00100-6-8782

印刷所
亜細亜印刷

製本所
弘伸製本

装丁
中山銀士

落丁･乱丁本はお取り替えいたします。定価はカヴァーに表示してあります。
　ISBN 978-4-8273-4084-6　C1291